Micha Unger

Auf großer Fahrt

Die abenteuerliche Geschichte von Aurelius Spekulatius
und General zu Gragenknopp-Hembsermel

Illustrationen von Gunter Springsguth

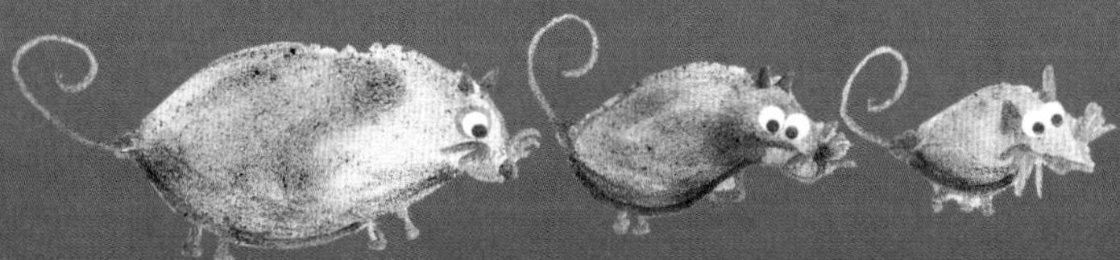

Husum

Umschlaggestaltung unter Verwendung von Motiven aus dem Buch

Bibliografische Information der Deutschen Nationalbibliothek
Die Deutsche Nationalbibliothek verzeichnet diese Publikation in der Deutschen Nationalbibliografie; detaillierte bibliografische Daten sind im Internet über http://dnb.dnb.de abrufbar.

Gesamtherstellung: Husum Druck- und Verlagsgesellschaft,
Postfach 1480, D-25804 Husum – www.verlagsgruppe.de
ISBN 978-3-89876-964-8

VORAB

So, ihr guten kleinen und großen Menschen, ich hoffe, ihr habt ein wenig Zeit mitgebracht. Ich möchte euch Geschichten erzählen, die von der Heimat handeln und von der Ferne. Von der Liebe und der Sehnsucht, vom Hoffen und Bangen, dem Zweifel und der Zuversicht. Ihr wisst schon, von all dem, was uns wichtig ist, was uns lachen und auch weinen lässt. Von großen und kleinen Wundern soll die Rede sein, vom Abenteuer, das unser Leben doch ist, jenseits der Zumutungen des Alltags, insbesondere des Broterwerbs und dem Ausräumen der Spülmaschine.

Nehmt euch doch ein feines Tässchen Trinkschokolade, dazu gerne auch ein Plätzchen. Vergesst aber bitte nicht, für Aurelius Spekulatius, ihr werdet ihn noch kennenlernen, ein paar Zimtsterne, Vanillekipferl und dergleichen bereitzustellen. Erstens, weil er ein ausgemachter Süßschnabel ist, wie man im Erzgebirge sagt. Ein Fein- und Leckerschmecker, spezialisiert auf Spekulatius, wie der Name schon sagt, nomen est omen, und Naschwerk aller Art. Und zweitens, weil es guter Brauch hierzulande ist, am 24. Dezember zumindest, einen Teller mehr aufzudecken. Dieser ist für den hungrigen Fremden, der vielleicht noch an die Türe klopft und der Hilfe bedarf. Und was am Heiligen Abend eine gute Tradition ist, das kann ja auch für den Rest des Jahres keine ganz so schlechte Idee sein, oder?

Solltet ihr aber einen guten Roten dem Zuckrrgefrass vorziehen, dann steht eure Chance gar nicht mal so schlecht, dass unser General zu Gragenknopp-Hembsermel schon bald bei euch auf der Matte steht. Er hat ein Näschen für vergorenen Traubensaft!

Aber das ist eine ganz andere Geschichte.

Am besten fange ich jetzt einfach mal mit unserer Geschichte an, und wer hätte es gedacht, am Anfang. Bitteschön!

ERSTES KAPITEL

ERSTENS KOMMT ES ANDERS UND ZWEITENS ALS MAN DENKT

Wenn die Weihnachtszeit vorbei ist, dann begeben sich all die Weihnachtsengelchen, Nussknacker und auch die Räuchermänner in den wohlverdienten Sommerschlaf. Bis zum nächsten Advent ratzen sie tief und fest um die Wette. Sie pofen in Kartons oder Kisten, gut verwahrt auf dem Speicher oder in der Abstellkammer. Müde von der ganzen Weihnachterei schnarchen bald schon knackend laut und vernehmlich die Nussknacker, schmatzend und schmauchend die Räuchermänner. Nachgerade fürnehm hingegen schnarchen die Engelchen, zart, fein und ganz, ganz leise, geradezu elegant, möchte man sagen:

Pipüüü Pipüüü Pipüüü

Ein wahres Konzert, für alle unter uns, die Ohren haben, um es zu hören! So musizieren sie also friedlich vor sich hin, bis die ganze Bande dann im Advent wieder geweckt wird. Und es schallt durch jedes Haus:

„Kommt nun, steht auf! Ab gehts in die gute Stube, da könnt ihr Räuchermänner Schwaden bis an die Decke hinauf blasen. Ihr Knacker könnt harte Nüsse zerbeißen, dass es nur so kracht und eine Freude ist! Ihr Engelchen könnt so süß auf dem Fensterbrett rumstehen, dass es kaum zum Aushalten ist. So zuckersüß! Wie türkischer Honig. Mit extra Puderzucker obendrauf. Und Schlagsahne. Und noch mehr Puderzucker.“

Erde

Aufgeweckt strecken alle ihre Glieder, gähnen ausgiebigst und reiben sich den Schlaf aus den Augen. Jede Menge Schlaf! Schließlich haben sie den wundervollen milden Frühling, den herrlichen heißen Sommer und den farbenfrohen stürmischen Herbst verschlafen. Komplett! In Gänze! Samt und sonders! Völlig verpennt!

Denkste!

Denn wenn keiner an Weihnachten denkt, im Sommer also, im Hochsommer, um genau zu sein, da passiert es, jedes Jahr wieder. Die ganze erzgebirgische Rasselbande wird wach und macht sich auf den Weg. Heimlich, versteht sich. Wohin, wollt ihr wissen? Ich weiß es, ist aber ein Geheimnis. Ein ganz geheimes Geheimnis sogar. Geheimagentengeheimnis geradezu!

Na gut, ich sag es euch. Bevor ich platze. Das kann ja keiner wollen. Wer soll das auch wieder wegmachen.

Die ganze Gesellschaft macht sich auf ins Erzgebirge. Heme gehts! Aus allen Ecken, von überall her, aus Timbuktu und Tibet, aus Neapel und Nepal, aus Köln und Kolumbien, aus Omsk und Tomsk, wirklich von überall her, sogar aus Oschatz und Lommatzsch!

Die ganze Truppe reist natürlich heimlich, inkognito, ist klar. Als Nussknacker kannst du nicht einfach zum Reisebüro wackeln, sagen wir in Tokio oder so, und mal eben pauschal mit Vollpension Erzgebirge hin und zurück buchen. Hutzenabend und Buttermilchgetzen inklusive womöglich. Vergiss es! Da denkt der Japaner, da stimmt doch was nicht, und schon ist schnell Schluss mit lustig. Nee, so läuft das nicht. Wenn du, sagen wir mal als Räuchermännchen, verreisen willst, dann musst du ganz schön auf dem Quivive sein. Augen und Ohren immer offen! Jede Gelegenheit nutzen!

Bloß nicht qualmen und quarzen! Immer schön unter dem Teppich entlang, mit dem Poppes an der Wand sozusagen. Das gilt selbstredend auch für reisende Engelchen, Nussknacker und so weiter. Vorsicht ist die Mutter der Porzellankiste! Nur nicht auffallen ist die Devise!

Wenn die abenteuerliche Reise dann überstanden ist, dann trifft man sich und feiert, ihr glaubt es kaum, mitten im Sommer Weihnachten im Erzgebirge. Warum? Des Heimwehs wegen. Tief drin sitzt das Heimweh in jedem Nussknacker, jedem Räuchermännchen und jedem Engelchen. Im Holz sitzt es, und da pocht und kratzt es, und wenn man nicht darauf hört, dann ningelt es immer lauter, bis man sein eigenes Wort nicht mehr versteht. Und deshalb fahren die erzgebirgischen Männeln einmal im Jahr nach Hause ins Weihnachtsland. Dort erzählen sie sich, was sie erlebt haben und wie man Weihnachten woanders feiert.

ZWEITES KAPITEL

GENERAL ZU GRAGENKNOPP-HEMBSERMEL

Für fast alle erzgebirgischen Männeln, so auch für den General zu Gragenknopp-Hembsermel, ist es eine Selbstverständlichkeit, die weite Welt zu bereisen. Für unseren General ist es aber mehr, es ist eine Pflicht! Bei diesem Wort bekommt er eine Gänsehaut. Es wird ihm gleich ganz anders. „Wenn die Pflicht ruft, bin ich zur Stelle! Stante pede!"
Auch ganz anders wird ihm, wenn er über Ordnung und Disziplin, über Ehre und Tapferkeit eine Ansprache halten kann. Das sind für General zu Gragenknopp-Hembsermel die hohen Fest- und Feiertage! Dann hat er seine Nussknackersoldaten vom 1. Bataillon der berittenen Erzgebirgsmarine ganz fest im Blick. Mit tiefer Stimme grollt er, fuchtelt wild mit den Armen, legt die Stirn in tiefe Falten und Furchen, kräuselt die Nase, rauft sich die Haare, ballt sein Gesicht zur Faust und rollt die Zehennägel auf! Und warum der ganze Zirkus? Weil nichts mehr so ist, wie es früher einmal war! Eine Unverschämtheit!

Anlässlich einer solchen Rede schlich sich einmal sein altes Mütterchen in die Kaserne, denn sie wollte doch zu gerne wissen, was ihr Filius so zu sagen hatte. Die Nussknackersoldaten standen schon fein säuberlich aufgestellt in Reih und Glied. Millimetergenau! Alle geschniegelt und gestriegelt, wie aus dem Ei gepellt. Einer wie der andere. Exactement!

Nach einer Weile kam endlich der General. Mit Pomp und Circumstance, es wurde getrommelt und gepfiffen. Würdevoll schritt er die Reihen ab. Zur Feier des Tages hatte er ein ernstes Gesicht aufgesetzt, welches er mit einem bedeutenden Blick garnierte. Er hielt auch heute seine schon wohlbekannte Rede und sparte auch diesmal nicht mit nötiger Rage und angemessenem Furor. Als er

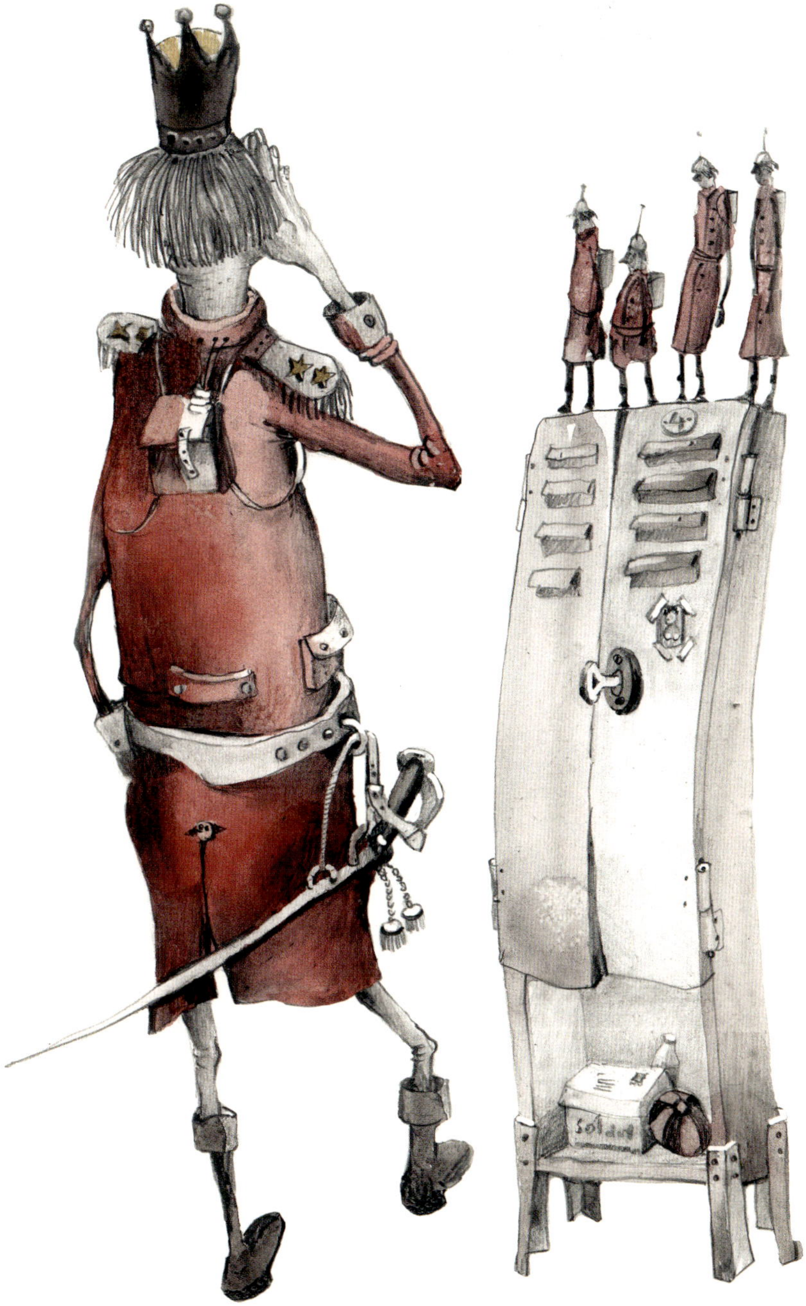

das hohe Lied der Ordnung und Disziplin, von Ehre und Tapferkeit anstimmte, musste sein Mütterchen so kichern, dass es sie schüttelte. Fast wäre sie aufgeflogen! Zu ihrem Glück aber war der General gerade so mächtig in Fahrt, dass keiner der Soldaten ihr mühsam unterdrücktes Glucksen hören konnte. Warum Frau zu Gragenknopp-Hembsermel so kichern musste? Na, sie kannte ihren Sohn ja schon recht lange, also von klein auf, kann man sagen. Länger als irgendjemand sonst auf der ganzen Welt. Und als Mutter sah sie zwar, wie alle anderen auch, den prächtig mächtigen General zu Gragenknopp-Hembsermel dort vorne stehen, mit all dem Glanz, in ganzer Gloria. Aber gleichzeitig sah sie auch den kleinen Hosenmatz, der er einst war. Den Gefreiten zu Gragenknöppchen-Hembsermelchen sozusagen. Den Stoppelhopser, der sich beim Toben die Knie aufgeschlagen hatte und der erst aufhörte zu weinen, wenn Mutti gepustet hatte. Den furchtlosen Helden, der nur bei Licht einschlafen konnte, weil dieses bekanntlich die bösen Geister vertreibt. Den Chaoten, der seine Hausaufgaben stets in letzter Minute machte, wenn er sie nicht ganz vergessen hatte, und den Buben, für den Ordnung ein Fremdwort war.

Vor allem aber sah sie in ihm ihren Goldjungen. Ihr geliebtes Scheißerchen, wie sie scherzhaft, zum Leidwesen des Generals zu Gragenknopp-Hembsermel, zu sagen pflegte. Er mochte es auch nicht, wenn sie ihm in die Wange kniff, noch weniger, wenn sie mit einem spuckefeuchten Taschentuch ausdauernd in seinen Mundwinkeln rieb, um dort angeblich hartnäckige Nussverkrustungen zu entfernen. Am schlimmsten war es für den Goldjungen, wenn Frau Mama dies vor der versammelten Truppe machte. Zum In-den-Boden-Versinken!

DRITTES KAPITEL

FERN DER HEIMAT

Heutzutage lebt der General zu Gragenknopp-Hembsermel weit, weit weg von seiner Mama, von seiner erzgebirgischen Heimat und von all seinen Nussknackersoldaten. Dass ein ausgewachsener General nicht mehr bei seiner Mama am Rockzipfel hängt, das ist ja zu erwarten, dass er auch mal umgezogen ist und sein Glück fern der Heimat sucht, auch keine Überraschung. Aber so ganz ohne Soldaten? Mal ehrlich, ohne Soldaten ist so ein General ja gleich gar nichts Besonderes mehr. Wem soll er denn Ansprachen halten oder Befehle erteilen? Entsprechend griesgrämig schaute unser General zu Gragenknopp-Hembsermel drein. Es hatte ihn nämlich ganz allein nach Sibirien verschlagen. Ganz schlecht hatte er es dort aber gar nicht angetroffen. Er kam nämlich bei einem anderen Gries-

gram unter. Das kann man schon als Glücksfall bezeichnen. Denn für unseren griesgrämigen General wäre ein fröhlicher Mensch eine Zumutung gewesen. Und was hatte er doch für ein Massel! Aleksej war ein Hauptgewinn in der Mecker- und Motzlotterie! Unaufhörlich moserte er vor sich hin, dies war nicht gut genug, jenes einfach schlecht. Aleksej war ein großer, dürrer Mann, dessen Alter man gar nicht so recht schätzen konnte. Er sah irgendwie verwittert aus. Die Haut gegerbt wie gut abgehangenes Haifischleder. Er war ein mürrischer Einzelgänger, der keine Freunde hatte. Wie auch? Er lebte ganz allein, schon seit ewiger Zeit mitten im sibirischen Nirgendwo, keine Nachbarn, nichts. Nur Birken, davon aber reichlich, so weit das Auge reichte. Vor seiner Hütte, dahinter, links und rechts neben seiner Hütte, Birken. Er mochte sie nicht. Aus keinem speziellen Grund, es blieb ihm aber nichts anderes übrig, es war ja nicht viel anderes da, was er hätte nicht mögen können. Als in der Wolle gefärbter Griesgram mochte er eben alles nicht, was sich gerade dafür anbot. In seinem Fall waren es eben hauptsächlich diese eigentlich doch anmutigen Bäume. Weil sie da waren. Würden, sagen wir mal, Palmen in Sibirien rumstehen, würde er diese eben genauso wenig mögen wie jetzt die Birken.

Ihr seht schon, so ein Griesgram ist leicht zu verstehen, aber doch schwer zu ertragen. Es sei denn, man ist eben auch einer und gründet mit ihm einen Griesgramklub. Genau so haben es der General und Aleksej gemacht. Wöchentlich wechselte der Vorsitz. In geraden Wochen stand am Montag General zu Gragenknopp-Hembsermel zuerst mit dem falschen Fuß auf, in ungeraden Aleksej. Das hatte sich nach einiger Zeit richtig schön eingespielt, und die beiden moserten Tag für Tag um die Wette. Abends saßen sie zusammen am Kamin, ein feines Feuerchen prasselte fröhlich und unsere beiden schwiegen mürrisch vor sich hin. Sie waren ein wenig erschöpft von der ganzen Mürretei des langen Tages.

Nach einer kleinen Weile dann holte Aleksej sein Wässerchen hervor. Schenkte sich großzügig ein, stellte das Glas ab, um nach einer Walnuss für den General zu greifen. So knackte der eine Nüsse und der andere spülte sie mit Wässerchen hinunter.

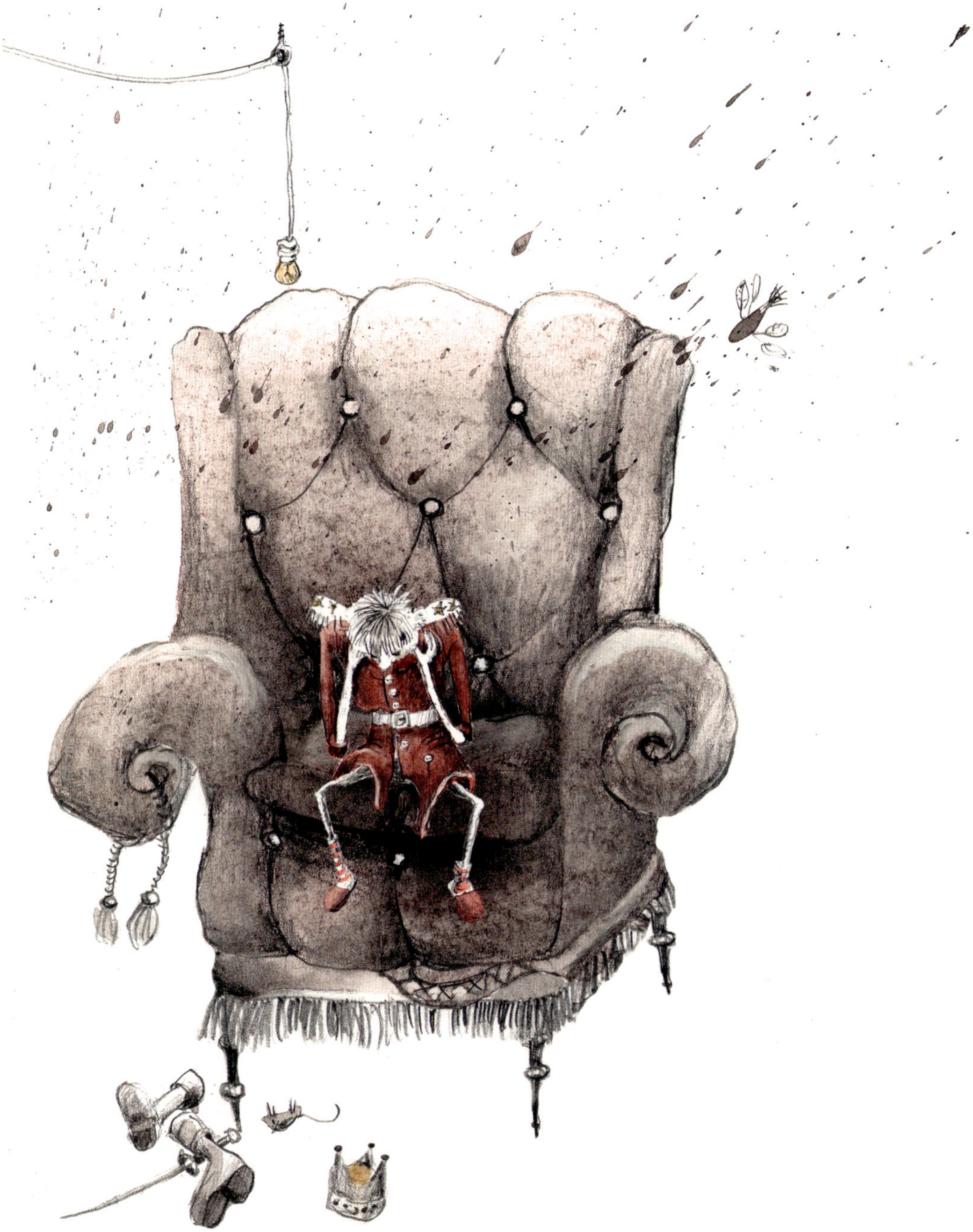

Risa

Es dauerte gar nicht lange, sagen wir, drei bis vier Wässerchen, da begann Aleksej zu summen. Kaum ein Wässerchen später sang er auch schon. Ganz schwermütige Lieder von der Liebe, von Freundschaft und Kameradschaft, manchmal auch von der Heimat, die er Mütterchen Russland nannte. Unserem General wurde da ganz schwer ums Herz. Vermisste er doch sein Mütterchen und auch seine erzgebirgische Heimat. Er bekam Heimweh. Erst summte er nur mit, bald aber sang er auch. Das half ein wenig. Es kam auch vor, dass ihm ein Tränchen die Wange hinunterlief und die Nase zu laufen begann. Das war ihm aber sehr peinlich und der Aleksej sollte das auf gar keinen Fall sehen. Was natürlich ein Quatsch war. Denn der verdrückte hin und wieder auch ein Tränchen. Das wiederum sollte der General nicht sehen. So drehten sich die beiden dann zur Seite und guckten, angestrengt unauffällig, aneinander vorbei. Dabei sangen sie inbrünstig, wischten sich wie zufällig im Gesicht herum und zogen den Rotz die Nase wieder hoch.

So ging es Tag für Tag und Nacht für Nacht, den ganzen November, den ganzen Dezember und den dreiviertelsten Januar. Tagsüber hätte man den Eindruck haben können, man befindet sich im Trainingslager für die nächste Motziade, nachts hingegen beim Vorentscheid für den Grand Prix Eurovision de la Chanson.

Im November war unser General hier in Sibirien angekommen, besser gesagt, er war aufgetroffen. Seine Reise sollte eigentlich nach Moskau gehen. Bei einer vornehmen Familie hätte er, standesgemäß, logieren sollen. Er wurde nämlich, was für ein Zufall, von einem waschechten russischen General in Marsch gesetzt. Also in ein Päckchen gepackt, gut verschnürt und im Hauptpostamt zu Wiesbaden aufgegeben. Dieser General, Ostrowski war sein Name, hatte unseren Nussknackergeneral zu Gragenknopp-Hembsermel ebendort bei einer Wette gewonnen. Aber wie das Leben so spielt, es geht sich nicht immer so aus, wie man es gerne hätte. Schon gar nicht wie geplant. Davon weiß so jeder ein Lied zu singen, insbesondere aber Generäle. Die Unachtsamkeit eines kleinen Oberamtsgehilfen hatte der Reise unseres Generals einen Umweg über Sibirien beschert, Zwischenstation Omsk. Das lag beim besten Willen nicht auf der Strecke Wiesbaden–Moskau. In Omsk nahm unser General unfreiwillig Quartier in einem etwas lädierten Schubfach eines windschiefen Schrankes der ziemlich heruntergekommenen örtlichen Oberpostdirektion. Dort wäre er wahrscheinlich verschimmelt, hätte ihn nicht jemand, der Name tut nichts zur Sache, einfach mitgehen lassen. Ihr wisst schon, gemopst wurde unser General. Dieser Jemand stieg dann in den Zug nach Tomsk und passte nicht richtig auf sein „Eigentum“ auf. Dem Ungeschick eines kleinen Zugschaffners, keine drei mal drei Käsehoch der Tölpel, war es dann zu verdanken, dass unser General auf freier Strecke und bei voller Fahrt durch das offene Fenster flog. Genau dem Aleksej auf den Kopf. Autsch!

Also, wie schon gesagt, seit November ging es nun schon so. Tagsüber betrieben unser General und Aleksej ihre gut gehende Grießgrämerei, des Nachts knackten sie Nüsse, spülten sie mit Wässerchen hinunter, sangen und verdrückten heimlich Tränchen. Bis spät in den Januar hinein ging das so. Unser General wurde schon ein wenig schläfrig. Schließlich war ja schon die Zeit dran für seinen Sommerschlaf.

VIERTES KAPITEL

EINE UNERWARTETE WENDUNG

Aber dann passierte etwas völlig Unvorhersehbares! Aleksej bekam Post. Nicht so eine wie das Päckchen, in dem der General drin war. Einen Brief bekam er, per Einschreiben und zwar nicht an den Kopf geworfen, sondern eigenhändig überreicht von dem leitenden Hauptpostoberinspektor höchstpersönlich. Das beunruhigte ihn. So ein Einschreiben, das musste nicht unbedingt etwas Gutes bedeuten. Den ganzen Tag malte er sich aus, was denn dort Furchtbares drin stehen könnte. Womöglich würde alles anders werden, alles Vertraute verloren gehen. Gegen Abend setzte er sich wie immer an den Kamin, schaute in die Flammen, den ungeöffneten Brief in den Händen, und sprach, entgegen seiner Gewohnheit, zu unserem General: „Weißt du, wir leben doch hier im Paradies, wir wollen es nur nicht wahrhaben. Wenn wir es wahrhaben wollten, wäre unser Leben einfach paradiesisch.“ Der General war nun perplex, vielleicht träumte er oder er hatte sich verhört. Er fragte lieber noch mal nach, sicherheitshalber: „Du meinst, es ist alles gar nicht so furchtbar trist und traurig, nervig, blöde und doof? Selbst die Birken nicht?“ Aleksej dachte einen Moment nach. „Nun ja, die Birken, die sind schon ziemlich ..., aber ganz so schlimm auch wieder nicht.“

Nun machte er sich daran, den Brief umständlich zu öffnen. Er war darin nicht besonders geübt. Als er ihn las, stiegen ihm die Tränen in die Augen. Er schämte sich dieser nicht. Immer wieder legte er den Brief in seinen Schoß, schüttelte ungläubig den Kopf, lachte und weinte gleichzeitig, um dann den Brief ein weiteres Mal zu lesen. Und noch ein weiteres Mal. Unser General musste mitweinen, ob er wollte oder nicht. Aber er wollte. Bald hielt er es nicht mehr aus: „Was steht denn drin in dem Brief?“ Aleksej atmete schwer: „Das ist eine alte Geschichte. Eine von unerfüllter Liebe.“

„Wirst du sie mir erzählen?“, fragte der General ganz vorsichtig. „Ja, nur dir, mein Freund, und sonst keinem anderen Menschen auf der Welt! Ihr Name ist Polina Alexandrowna, ihr Stiefvater war ein General aus Moskau ...“

Wir lassen die beiden nun alleine. Denn diese Geschichte ist nur für die Ohren unseres Generals bestimmt. Die ganze Nacht saßen sie beisammen. Der General erzählte von seinem Mütterchen und den Geistern, die sich bei Dunkelheit an ihn heranschlichen. Von seiner Sorge, dass niemand ihn als General ernst nähme, da seine Nussknackerarmee noch nie in einen Krieg gezogen war, noch keine Schlacht geschlagen hatte. Das fand Aleksej aber gar nicht schlimm. „Es ist gut, wenn man sich wehren kann, noch besser aber, wenn man es nicht muss“, sagte er, und das leuchtete unserem General direkt ein.
In dieser Nacht merkten sie, dass sie Freunde geworden waren.

FÜNFTES KAPITEL

DAS GLÜCK IST MIT DEN TÜCHTIGEN

Richtig schön haben sie es sich fortan gemacht. Gescherzt und gelacht haben sie, dass es manchmal eine ausgewachsene Alberei war. Kose- und Spitznamen haben sie sich auch noch gegeben. Jeden Tag aufs Neue. Bald hieß es, nur zum Beispiel jetzt mal, „Generälchen von und zu Naseweis" hier und „mein halbes Haselhühnchen" da! Nicht wiederzuerkennen, die beiden.

So ging nun der Frühling ins Land und der Sommer stand vor der Tür. An den üblichen Sommerschlaf war für unseren General gar nicht zu denken, denn jeder Tag brachte eine neue Freude, die er auf keinen Fall verpassen wollte. Arbeit war auch genug da, es gab immer etwas zu tun. Unser General probierte sich an der Ernte von Birkenwasser. Das konnte man abzapfen, wenn man in den Birkenstamm ein Loch bohrte, nicht zu tief. Einen Schlauch drangepoppelt, das andere Ende in einen Kanister, und schon ging es los. Birkenwasser marsch! Das schmeckte gar nicht mal schlecht, ein bisschen süß sogar, aber vor allem half es bei Gicht und Rheuma, gegen Haarausfall und Pickel, sogar gegen Frühjahrsmüdigkeit und eigentlich gegen alles. Man musste natürlich daran glauben, feste am besten. Am allerbesten ganz, ganz feste. Da rund um Aleksejs Hütte so viele Birken wuchsen, unzählige, und unser General sehr fleißig war, hatten sie bald schon so viel Birkenwasser auf Vorrat, dass sie gar nicht alles selbst trinken konnten. Auch wenn sie jeden Tag ein Birkenwasservollbad genommen hätten, es wäre nicht alle geworden. Wohin nur mit dem ganzen Überfluss? Sie mussten es verkaufen. Wohl oder übel. Um es kurz zu machen, sie wurden reich. Erst trugen sie die Kanister in das nächste Dorf, dann kauften sie einen Esel und lieferten in das nächste Städtchen. Bald schon kamen Händler mit Pferdefuhrwerken zu ihnen und luden das Birkenwasser in Fässern auf. Alles wurde in bar bezahlt, der Rubel rollte. Einen schönen Namen haben sie sich auch ausgedacht.

„General Aleksej sein bestes Birkenwasser". Ein Foto von Aleksej klebten sie auch noch auf jede Flasche und auf jedes Fass. Auf dem Bild grinste Aleksej wie ein Honigkuchenpferd, man konnte alle Zähne sehen, insbesondere die goldenen, die er sich von den ersten verdienten Rubelchen geleistet hatte. Dazu noch seine Haut, dank Birkenwasser wie feinstes Haifischleder, hochglänzend und wasserabweisend. Der Aleksej sah aus wie jugendliche Einhundert, proper und vor Kraft strotzend. „Trinkt täglich Birkenwasser und bleibt gesund!", stand unter dem Foto geschrieben. „Reklame ist das A und O!", pflegte der General zu sagen.

Das alles war für Aleksej eine große Überraschung! „Ausgerechnet die Birken!", rief er mindestens dreimal am Tag. Das erste Mal schon am Morgen, wenn er seine neuen Goldzähne im Spiegel blitzen sah. Das zweite Mal nach dem Mittagessen, pappensatt, wenn er sich mit der Zunge über seine fettig glänzenden Lippen leckte und zufrieden auf sein Bäuchlein blickte. Das hatte er sich nämlich angeschafft. Im Ganzen gesehen, war er immer noch ein langer, dürrer Kerl, nun aber mit einer Kugel vorne dran. Das dritte Mal rief er „Ausgerechnet die Birken!" am Abend. Wenn er mit dem General bei einem feinen Tropfen aus Assmanshausen am Rhein und köstlichem Kaviar vom Kaspischen Meer über die guten alten Zeiten sprach, als das Leben noch beschaulich, die Menschen bescheiden und überhaupt irgendwie alles besser war.

SECHSTES KAPITEL

NOCH EINE UNERWARTETE WENDUNG

An einem solchen Abend sprach unser General: „Mein lieber, guter Aleksej, teurer Freund, treuer Wegbegleiter, geschätzter Geschäftspartner …“ Der ahnte schon nichts Gutes! Nach einer solchen Einleitung folgt selten etwas Unverfängliches. Meist ist eher mit Unannehmlichkeiten zu rechnen, seltener folgt nach dem Schmonzes etwas unbedenklich Erfreuliches, wie beispielsweise eine Einladung zu einer Karamellbonbonverkostung.
„… in diesem Sommer werde ich eine weite Reise antreten. Sag jetzt bitte nichts und höre mir erst mal zu.“ Mit regungsloser Miene tat Aleksej, wie ihm geheißen. Das waren Neuigkeiten, die ihm so gar nicht schmeckten und auf die er auch überhaupt nicht vorbereitet war. Eigentlich hatte er sich gar keine Gedanken gemacht. Er hatte immer gedacht, dass das Leben genauso weitergeht, wie es eben gerade ging. Wenn es sich dann doch änderte, konnte man auch nichts machen. Schicksal!
Jetzt aber verkündete ihm der General, dass er zurück ins Erzgebirge fahren wollte, nach Hause, um dort mitten im Sommer Weihnachten mit seinen Freunden zu feiern.

„Hat dir denn unser Weihnachtsfest nicht gefallen, die Würste und Pasteten nicht geschmeckt?“ „Doch, doch! Und wie!“, beteuerte der General. „Vorzüglich, ganz vorzüglich!“ Es dauerte die halbe Nacht, bis er Aleksej überzeugen konnte, wie gut ihm doch die Pirogen geschmeckt hatten. Doch immer, wenn er diese Speise über alle Maßen lobte, fiel ihm Aleksej empört ins Wort: „Ja, die Pirogen, die waren für den feinen Herrn General wohl gut genug! Aber über die Blinis, da verliert er kein Wort! Waren wohl nicht nach seinem erlesenen Geschmack?“ Nun versicherte unser General seinem Freund, wie außerordentlich wohlschmeckend doch die Blinis waren. „Einmalig, wirklich einmalig!“ Schon unterbrach ihn wieder Aleksej: „Der Fisch in Aspik, der war dem hochwohlgeborenen Nussknacker

von Welt wohl nicht fein genug? War wohl nichts für den verwöhnten Generalsgaumen?“ „Doch, doch!“, rief der General, „was kann ein Fisch sich sehnlicher wünschen, als sich in Aspik zu aalen, genau in diesem Aspik und keinem anderen!“ Aleksei war misstrauisch: „Aber geschmeckt hat er dem Kritikaster wohl nicht, der Fisch?“ Nun sang der General das hohe Lied auf den außerordentlich delikaten Fisch in Aspik, er ließ auch den Fisch in Sülze nicht unerwähnt. „Extraordinaire!“ Aleksej konterte mit dem mit Buchenbrei gefüllten Ferkel: „Darüber hat der Herr von und zu auffällig geschwiegen, er hält es wohl der Erwähnung nicht wert? Na, das Ferkelchen ist ihm wohl nicht raffiniert genug gewesen, dem feinen Pinkel, die Buchenbreifüllung zu bäuerlich?“ So ging es bis zum Morgengrauen. Der General schwor Stein und Bein, dass er noch nie feiner, reichhaltiger und überhaupt getafelt habe, außer bei seinem Mütterchen, selbstredend. Da stimmte Aleksej zu, bei Mutter schmeckte es am besten, ohne Zweifel. Muss man gar nicht drüber reden, sagte er.
Mit dem ersten Tageslicht begaben sich die beiden zu Bett, ließen Birkenwasser Birkenwasser sein und den gerade eintreffenden Kutscher mitsamt seiner Fuhre leerer Fässer auf dem Hof stehen, und schliefen bis in den späten Nachmittag.

Zur blauen Stunde saßen sie schweigend nebeneinander. Endlich nahm sich unser General ein Herz und wollte gerade das Wort an seinen Freund richten, da sprach Aleksej: „Weißt du, wenn ...“ Der General unterbrach ihn. „Lass mich erst etwas sagen.“ Sie schauten sich an und schwiegen noch eine Weile. Dann unterbrach Aleksej die Stille: „Bist gar kein feiner Pinkel und so.“ „Schon gut, alles in Ordnung“, erwiderte der General und nickte. Na, auf jeden Fall kamen sie an diesem Abend erstens überein, dass der General natürlich ins Erzgebirge reisen kann, ohne dass Aleksej ihm gram ist, denn es ist ja eine Herzensangelegenheit für den General. Zweitens, dass der Aleksej sich gar keine Sorgen machen muss, denn der General kommt ja wieder. Klare Sache, klar wie Kloßbrühe!

Die Pellmeni an diesem Abend waren erste Klasse. „Pomfortionös!“, wie der General immer wieder ausrief. Aus gutem Grund. Ihr wisst schon.

SIEBTES KAPITEL

EIN PLAN MUSS HER

Aleksej machte zwecks der bevorstehenden Reise den Vorschlag, er könne den General doch in ein Paket packen, etwas Kuchen und Wein dazu, und ab die Post! Die Vorstellung behagte dem zukünftigen Frachtgut nicht. Er hatte ja schon so seine Erfahrungen gemacht, dabei war er weder an seinem Ziel Moskau angekommen noch besonders sanft befördert worden. Außerdem hielt er diese Art von Beförderung unter seiner Würde als General, Geschäftsmann und so weiter. Er lehnte auch die Idee ab, in einer Hutschachtel oder einem Überseekoffer zu reisen. Letzteres wäre zwar bequem gewesen, Aleksej erbot sich, ihm ein richtiges Apartment in dem Koffer einzurichten. Wohnstube, Schlafzimmer, Küche, Bad, Bibliothek und ausklappbarer Balkon inklusive. Unser General überlegte zwar kurz, schlug das großzügige Angebot aber aus. Er wollte erster Klasse reisen. Mit Schlafwagen, Speisewagen und allem Zipp und Zapp, und zwar mit der legendären Transsibirischen Eisenbahn. Die fuhr zwar nur bis nach Moskau, aber immerhin, das waren ja schon einmal knappe 2300 Kilometer. Luftlinie! Also, einbisschen mehr als die Hälfte der Strecke ins Erzgebirge. Von Moskau aus, sagte der General, werde er schon weiter sehen.

„Gar nicht so einfach“, gab Aleksej zu bedenken, „für ein Männel aus Holz, kaum größer als eine Flasche besten Wässerchens, General oder Geschäftsmann hin oder her, rum wie numm. Nicht einfach!“ Ein Plan musste her. Zum Bahnhof zu kommen, war gar kein Problem. Er konnte bequem mit einem der Fuhrwerke mitfahren, die das Birkenwasser abholten, um es zur nächstgelegenen Station zu bringen, wo es in die Güterwagen verladen wurde. Aber dass ein Nussknacker ein Billet für die erste Klasse erstehen kann, dort mit dem gebührenden Respekt bedient wird, das war kaum vorstellbar. Selbst wenn es so geschähe, gab Aleksej zu bedenken, was wäre denn, wenn ein Schurke den General entführe. „Mich entführen?“, rief daraufhin entrüstet unserer General. „Das wäre ja noch schöner!“ Er zog seinen Säbel und führte eine Parade mit Riposte aus. In der Luft versteht sich, in Ermangelung eines echten Gegners. „Nimm dies, Schurke!“ Aleksej zeigte sich pflichtschuldig beeindruckt. Konnte aber nicht umhin anzumerken, dass der Säbel aus Holz und zudem ziemlich klein sei. Für einen Säbel jedenfalls und angenommen, der Schurke ist normal groß. Der General schmollte nun erst einmal ein kleines Weilchen. Aleksej versicherte ihm, dass er doch nur aus Sorge um seinen Freund darauf hingewiesen habe. „Was wäre denn, mein General, wenn ein hinterhältiger Ganove dich im Schlafe überrascht, mit Chloroform betäubt, du weißt schon, mit auf einem Wattebäuschchen geträufeltem, welches dir hinterrücks und heimtückisch auf die Nase gepresst wird. Schlafen wirst du ja auch mal müssen auf der weiten Reise. Oder der Bandit träufelt dir ein Mittelchen in deine Fassbrause, rührt ein Pülverchen in deinen Brei. Essen und Trinken wirst du ja auch mal müssen auf der weiten Reise.“ Der General machte „mmhh“, „oh“ und „ach“. Aleksej war nun nicht zu bremsen. „Selig schlummerst du dann von dannen, ins Reich der Träume, liegst in Orpheus' Armen, ratzt was das Zeug hält. Wenn du wieder aufwachst, dann haben wir den Salat. Du findest dich wieder auf einem billigen Rummel. Ausgestellt wirst du. Für ein, zwei Kopeken kann der einfache Bauer, der neugierige Knecht dich begaffen, für fünf Kopeken dich gar betatschen. Willst du das, mein teurer Freund?“ Das wollte der General nicht. Ganz bestimmt nicht. Er warf ein, dass doch ein richtiger Säbel, aus Stahl mit scharfer Klinge, Abhilfe schaffen könnte. Aleksej ließ sich nicht überzeugen. Eine List musste her. Eine Geschichte, die den kaltblütigsten Banditen einschüchterte, eine, die Respekt einflößte. Mehr noch, eine, die den allerschuftigsten Schurken das Blut in den Adern gefrieren ließ. Gar nicht so einfach, wenn man zwar grimmig gucken kann, aber nur nussknackergroß ist. „Noch nicht mal viertel so groß wie ein sitzendes Schwein“, dachte Aleksej, sagte es aber nicht, wohlweislich.

Wie es so ist, wenn man dringend eine Idee braucht, dann hat man gerade keine. Ist immer so. Die beiden grübelten, bis es qualmte, und zerbrachen sich die Köpfe. Nichts. Nitschewo!

Am nächsten Tag, Aleksej befand sich gerade auf dem Örtchen, wohin selbst der Kaiser zu Fuß geht, ihr wisst schon, auf dem Lokus. Er sinnierte dort aus gegebenem Anlass, wie denn aus all den wohlriechenden, duftenden Speisen das werden konnte, welches er justament hinter sich ließ. Ein Rätsel! Und warum es nicht umgekehrt sei, das wäre doch viel praktischer, wenn aus Pferdeäpfeln oder Kuhdung die feinsten Leckereien würden. Ohne den ganzen Umstand, Dünger und so, auf direktem Wege. Das wäre Zauberei! In diesem Moment traf ihn ein Geistesblitz! „Heureka!", rief er, „ich habs!", raffte die Beinkleider nach oben und stürzte nach draußen, wo er längelang hinflog. Genau unserem General vor die Füße und in ein Häufchen „werweissschonvonwem". Der General schüttelte sich erst mal vor Lachen. „Du fliegst aber tief heute, mein Freund, es wird wohl Regen geben?" Aleksej war nicht zum Scherzen aufgelegt. Ohne Umschweife erzählte er von seiner Blitzidee. Der General hörte ganz genau zu und sagte: „So machen wir das! Ein genialer Plan, zieh deine Hose hoch, wisch dir das Häufchen von der Stirn und aufgesessen. Wir reiten in die Stadt!" Gesagt, getan, Pferde gesattelt und ab dafür im gestreckten Galopp. Zuerst hielten sie beim Schneider. Dort wurde erst einmal Maß genommen. Beinlänge, Armlänge, Bauch- und Brustumfang. „Tja", sagte der Schneidermeister Böck zu unserem General, „das ist ja alles sehr, sehr übersichtlich, gnädiger Herr. Da brauchen Sie am Stoff nicht sparen. Feinste italienische Ware hätte ich auf Lager, auch edles englisches Tuch ist vorrätig. Ganz nach Ihrem Belieben. Darf es ein dezentes Bleu sein, ein zurückgenommenes Gris oder ganz klassisch Noir?" Man entschied sich für ein tiefes Schwarz, das machte Eindruck, wirkte seriös und trug nicht auf. „Eine sehr gute, eine vorzügliche Wahl, gnädiger Herr. Kleider machen Leute!", tat der Schneidermeister beflissen kund. Man besprach alles gründlich, den Schnitt und so weiter, ging auseinander, nicht ohne sich zur Anprobe in einer Woche zu verabreden. Aleksej und der General suchten noch den Hutmacher auf. Denn ohne einen Zylinder wäre die Verkleidung nicht komplett gewesen. Zudem so eine Kopfbedeckung noch ein paar Zentimeter an Höhe brachte. „Wenn es auch nicht viel ist, man muss mitnehmen, was man kriegen kann", dachte der General. So erstanden sie einen Chapeau claque in glänzendem Schwarz, der mühelos zusammenzufalten war und schon auf einen kleinen Schlag hin mit lautem Knall aufsprang.

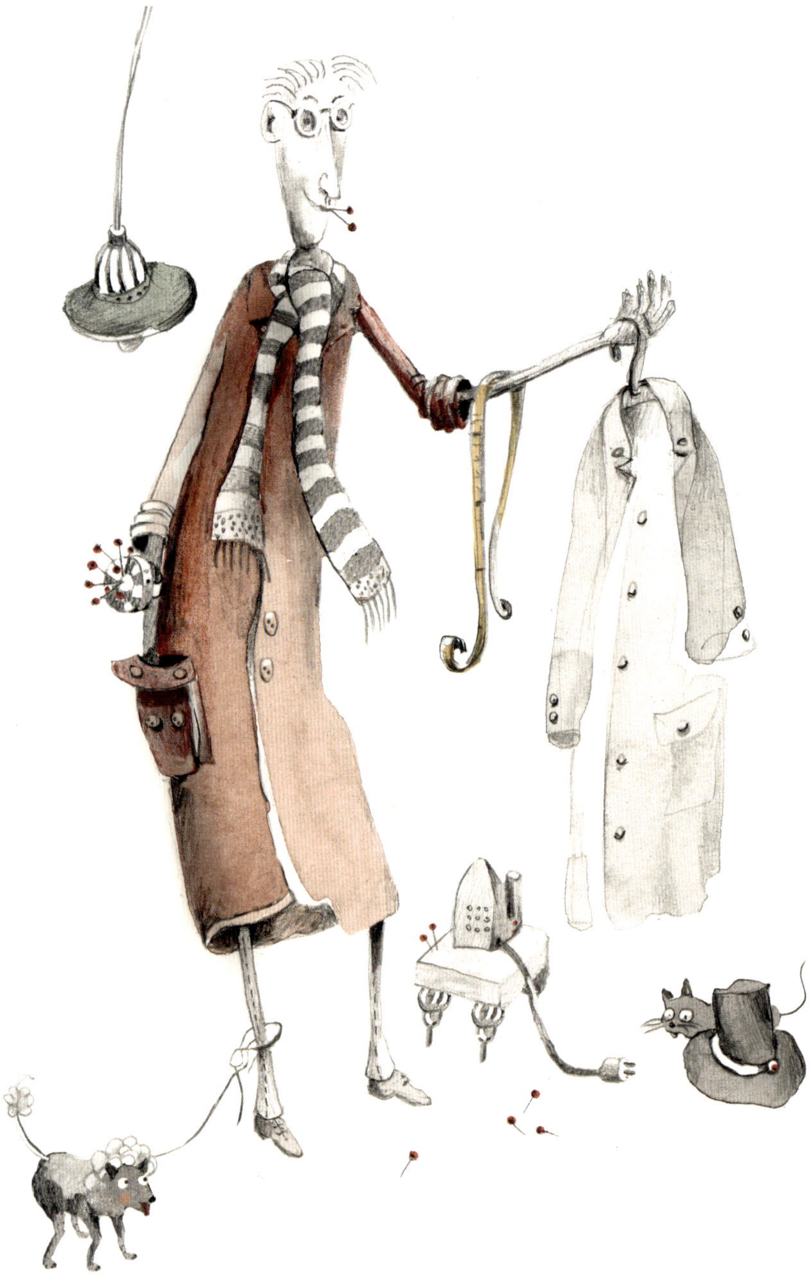

Bald schon war der Frack, samt Hose, Hemd, Glaceehandschuhen und weißem Schal, fertig. Angeputzt stand unser General vor dem Spiegel und ließ sich bewundern. In der rechten Hand den Frackstock, auf dem Kopf den Zylinder. Er war mehr als zufrieden und summte leise das Liedchen „Heut geh ich ins Maxim". Aleksej hingegen legte den Kopf mal nach rechts, mal nach links, schaute den General von allen Seiten an und sagte schließlich: „Das ist noch zu wenig Chichi. Es fehlt noch an Glanz, Glamour und Glitzer!" Rasch verschwand Schneidermeister Böck in seiner Werkstatt und kam mit silbernen Bändern zurück. Ehe der General sich versah, jeweils eins links und rechts ans Revers geheftet und eins um den Zylinder gewickelt. „Voilà!", rief er, „Sie wollten Chichi, da haben Sie Chichi!" Stolz auf sein Werk reckte er sein Kinn in die Höhe und wartete auf Applaus, der leider ausblieb. Aleksej neigte nicht zu Gefühlsausbrüchen solcher Art und der General hatte sich ob der Verwandlung noch nicht wieder gefangen. Er wollte gerade protestieren, dieser Aufzug sei seiner nicht würdig, er beabsichtige nicht, sich zum Gespött der Leute zu machen, und überhaupt, ein General ohne Uniform, wo gibt es denn so was, da schnitt ihm Aleksej das Wort ab: „So ist es recht. Gekauft". Unser General fügte sich in sein Schicksal, und der Schneider freute sich über das gute Geschäft.

Doch Aleksej war noch nicht ganz zufrieden. „Da fehlt noch etwas. Frack und Zylinder gut und schön, aber die Kirsche auf der Torte, das Sahnehäubchen auf dem Kuchen ..." Schneidermeister Böck verstand nur Bahnhof. „Wie meinen, der gnädige Herr?" Er zauberte eine Ansteckblume aus seiner Hosentasche und steckte sie dem General ins Knopfloch. „Ist es so recht?" Aleksej schüttelte energisch den Kopf. „Nein, ich meine ja, aber das ist nicht genug. Da fehlt der Senf auf der Wurst, wie soll ich sagen, die Blume auf dem Pils, die Butter auf der Bemme sozusagen, da fehlt der Käse auf den Makkaroni, der Jäger auf dem Schnitzel, wenn Sie wissen, was ich meine, die Rosine im Brötchen, verstehen Sie denn nicht, es fehlt, nicht da, wird aber dringend gebraucht, und da liegt der Hase im Pfeffer!" Schweigen. Betretenes Schweigen. Schneidermeister Böcke dachte, sein werter Kunde sei verrückt geworden. Unser General dachte gar nichts. Denn bei der Aufzählung von Bemme

und Brötchen, Wurst, Schnitzel und Makkaroni war er hungrig geworden, und wenn er hungrig war, konnte er nicht denken. Aleksej hingegen begann zu lachen, erst leise, dann immer lauter. Schneidermeister Böck war sich nun sicher: „Plemm-Plemm der arme Teufel. Da will ich schnell mal die Rechnung schreiben." Aleksej rief nun freudig: „Ein Hase. Es fehlt ein Hase. Einen Zauberer erkennt man immer am Hasen. Ohne Hase würde ja der Zylinder keinen Sinn machen!" Er drückte und herzte den Schneider, den General und die anwesenden Schaufensterpuppen. Alle ließen es regungslos über sich ergehen.
Es ging daran, einen Hasen zu finden, weiß musste er sein, zahm und lebendig. Letzeres war eine Schwierigkeit. Sie fanden weiße, sehr zahme Exemplare, die aber leider nicht lebendig waren, oder weiße, wilde Rammler, die viel zu lebendig waren. Killerkaninchen geradezu.

Wie so manches Mal im Leben eilte der Zufall zur Hilfe. Ein Zirkus kam in die Stadt. Mit dem Zirkus diverse Attrakt- und Sensationen und auch ein Zauberer. Der war kurz vor der Pensionierung und so auch sein Hase, welcher weiß war, zahm und sich trotz des fortgeschrittenen Alters guter Gesundheit erfreute. Außerdem bestens mit den Gepflogenheiten der Zauberbranche bekannt war. Ein alter Hase sozusagen! Ehrlich gesagt war er eigentlich ein Kaninchen, tut aber nichts zur Sache, Hase oder Kaninchen, Reh oder Hirsch, Fichte oder Tanne, Krause Glucke oder Bauchwehziegenbart, wer kann das schon auseinanderhalten. Wie auch immer, man wurde sich handelseinig. Gegen ein paar Fässer Birkenwasser, der Zauberer litt glücklicherweise unter Rheuma, wechselte der Zauberhase den Besitzer. Alle waren überzeugt, ein gutes Geschäft gemacht zu haben, und so soll es ja auch sein.

Unser General gab also ab jetzt den Zauberer. Den großen Houdini genau gesagt, auf dem Weg nach Karlsbad zur Kur. Wohlverdient, er hatte sich nämlich in den letzten Jahren einen Wolf gezaubert. Im übertragenen Sinne. Tagein, tagaus Jungfrauen in drei Teile zersägt, Assistentinnen verschwinden lassen und selbstverständlich auch Hasen aus dem Zylinder gezogen. Nun wollte er kuren,

denn er war über die vielen Jahre vergesslich geworden. Es klappte zwar noch ganz leidlich mit dem Verschwindenlassen von Assistentinnen, aber die waren dann auf Nimmerwiedersehen weg. Wie in Luft aufgelöst. Er konnte sich einfach nicht erinnern, wie sie wieder herzuzaubern sind. Ähnlich ging es ihm mit den Jungfrauen. Das war sehr unangenehm. Insgesamt eine unerfreuliche Situation, für den großen Houdini sowieso, aber auch für die Assistentinnen und die Jungfrauen. Bald schon fand er keine Mitarbeiterinnen mehr. Seine Vergesslichkeit hatte sich rumgesprochen, sein Ruf gelitten. Er schöpfte Hoffnung, als sich Martha Elena Skawronska bei ihm meldete, eine beeindruckende Person, welche angab, unter anderem als Assistentin und Jungfrau qualifiziert zu sein. Ein seltener Glücksfall! Aber auch Martha tauchte nach dem ersten Zauberkunststück nie wieder auf. Zumindest nicht bei unserem Zauberer.

Das in etwa sollte die Geschichte sein, die der große Houdini, vormals known als der General zu Gragenknopp-Hembsermel, Jedermann und Jederfrau, die es wissen wollte, auftischen sollte. Auch denen, die es nicht wissen wollten. Ungefragt sollte er seine Geschichte erzählen, in aller Ausführlichkeit seinen unschuldigen Zuhörern ein Klavier an die Backe labern, bis deren Ohren bluteten und sie gar nicht dazu kamen, sich zu wundern über den kleinen Kerl, vor lauter Gesabbel und Wunderlichkeiten, sondern erschöpft das Weite suchten. Sollte sich jemand nicht abschrecken lassen, doch etwas Böses im Schilde führen, hatte der große Houdini noch eine Geheimwaffe, ein Ass im Ärmel, einen letzten Trumpf! Dazu später mehr.

ACHTES KAPITEL

WENN JEMAND EINE REISE TUT, …

Jetzt aber erst einmal: „Omsk! Omsk! Vorsicht an der Bahnsteigkante! Es fährt ein die Transsibirische Eisenbahn nach Moskau, Jaroslawler Bahnhof, über Jekaterinburg und Nowgorod. Der Zug hat einen Aufenthalt von fünfzehn Minuten. Bitte treten Sie zurück!" Schon fuhr die mächtige Dampflokomotive fauchend und schmauchend in den Bahnhof ein. Nicht ohne schrill und markerschütternd zu pfeifen. Das wäre nicht nötig gewesen, denn zu übersehen und zu überhören war das eiserne Dampfross sowieso nicht, doch hatte der Lokomotivführer einen Heidenspaß daran, seine künftigen Passagiere zu erschrecken. Die taten ihm auch regelmäßig den Gefallen und zuckten zuverlässig zusammen. All dies blieb jedoch von unserem Generalzauberer und Aleksej unbemerkt. Sie hatten sich fest an den Unterarmen gegriffen und wünschten sich, was das Zeug hielt, nur das Beste. Eine gute Reise, wenig Scherereien im Geschäft und ein baldiges Wiedersehen. Der Hauptschaffner unterbrach die Zeremonie. Er drängte darauf, so schnell wie möglich einzusteigen, denn er hatte für den großen Houdini ein Abteil direkt neben dem Speisewagen reserviert. So viel Fürsorge kam natürlich nicht von ganz ungefähr. Aleksej hatte dem guten Mann ein ordentliches Paket Rubelchen nebst einem Fläschchen Birkenwasser zugesteckt, mit der Bitte, sich um seinen Freund ganz besonders gut zu kümmern.

Der tat auch, wie ihm geheißen. Für unseren Zauberer begann nun eine wahre Fettlebe. Morgens schon trug der Hauptschaffner unter Stöhnen und Ächzen Tabletts voller erlesener Köstlichkeiten auf. Mittags war es nicht anders, am Abend erst recht nicht. So verging der erste Tag der langen Reise. Kauend und schauend. Die Landschaft flog gleichförmig am Fenster vorbei, die Räder ratterten im ewig wiederkehrenden Rhythmus, pappensatt zog es dem Reisenden allererster Klasse die Augenkläppchen zu. Er schlief selig und hätte auch ungestört bis zum nächsten Morgen schlafen können, bis sich die Tür zu seinem Abteil wieder geöffnet hätte, um neue Speisen einzulassen. Indes kam es anders.

ACHTEINHALBTES KAPITEL

… SO KANN ER WAS ERZÄHLEN

Aus der Ferne drang eine Stimme an sein Ohr, etwas säuselte und flötete. Erst dachte er, er träume. Bald schon zupfte etwas an seinem Ärmel, pustete ihm in die Nase. Widerwillig öffnete er die Augen. Was er sah, erschreckte ihn nicht nur mittelmäßig. Ein riesengroßer roter Mund, wenige Zentimeter von seinem Gesicht entfernt. Über dem Mund eine vor Niedlichkeit nur so strotzende Stupsnase und schließlich noch blitzeblaue Augen. Die ganze Visage mit Puder und Farbe auf das Feinste hergerichtet. Gekrönt von einer auftoupierten Hochsteckfrisur in platinblond. Unser Zauberer, von einer süßen Parfümwolke umhüllt, schreckte zurück, die unangemeldete Besucherin auch, aber nur, um sofort wie ein Wasserfall auf ihn einzureden.

„Retten Sie mich! Ich bin verloren, es ist aus und vorbei. Sie sind meine letzte Hoffnung. Ich bitte Sie, ich flehe Sie an, gewähren Sie mir Zuflucht und Schutz!“ Die Dame hielt inne, neigte den Kopf zur Seite, schürzte die Lippen und klimperte mit den Augenlidern. Da der auserkorene Retter nicht sogleich mit dem Retten begann, ließ sie den Mund ein wenig erzittern und einen wohltemperierten Schluchzer hören. Nun fühlte sich der große Houdini genötigt, den Helden zu geben. Er richtete sich zu voller Größe auf, senkte die Stimme und sprach: „Teuerste, bei mir seid Ihr in Sicherheit, wie zahlreich auch immer Eure Feinde sein mögen.“ Mit entschlossener Miene und festem Blick schaute er dabei der Dame in die Augen. Dabei suchte seine rechte Hand nach dem Holzsäbel, um ihn in einer eleganten, aber auch dem Anlass angemessenen, zackigen Bewegung in die Höhe zu recken. Dabei wollte er „en garde“ rufen oder „Attacke“, da war er sich noch nicht sicher. Leider bekam er aber nicht den Säbel, sondern des Hasen lange Ohren zu fassen. Diese schwang er nun samt des daranhängenden Hasen, zu allem entschlossen, gen Himmel.

Der Dame standen ob des Anblicks Mund und Ohren offen, die Haare ja sowieso zu Berge. Der Held rief: „Hase!“ Das war offensichtlich, erklärte aber mitnichten seine seltsame Pose. Eine peinliche Stille breitete sich in dem Zugabteil aus. Die Dame hegte verständliche Zweifel, ob sie sich in die Obhut eines geeigneten Beschützers begeben habe. Dieser wiederum grübelte angestrengt, wie er sich erklären könne. Endlich dann: „Darf ich vorstellen? Hase, mein Hase!“ „Angenehm, Comtesse Fregaté de Shabraque“, erwiderte die Dame, bravourös die Fassung bewahrend. Stille. „Monsieur? Darf ich nach dem werten Namen fragen?“ „Der große Houdini, Comtesse, stets zu Ihren Diensten. Schwert und Schild Euch zum Schutze!“ Dabei wackelte er unsinnigerweise mit dem Hasen, dem dies sichtlich unangenehm war. Die Comtesse übersah dies gnädig, blickte aber fragend. „Zauberer, auf dem Weg zur Kur, nach Karlsbad“, setzte der große Houdini hinzu. „Ach, deshalb der Hase?“

Der große Houdini und der Hase nickten gleichzeitig. Letzterer wurde nun in den Zylinder gesetzt, nur die langen Löffel schauten noch heraus.

Die Comtesse erklärte nun ihre Notlage. Sie sei, welch ein Zufall, ebenfalls auf dem Weg nach Karlsbad. In geheimer Mission. Sie könne sich dazu nicht en détail äußern, nur so viel, sie sei als Kurier des Zaren unterwegs. Es gehe um Hochverrat, Liebe und so weiter, sehr delikat die Sache, ein tüchtiges Durcheinander. Man kenne so was ja. Unser Zauberer nickte verständig, verstand aber nur Bahnhof. „Selbstredend, natürlich, Hochverrat, ja, ja, die Liebe!", er versuchte sich seine Verwirrung nicht anmerken zu lassen. „Ich wusste es …", hauchte die Comtesse erleichtert, „Sie sind ein wahrer Mann, verständig und tapfer. Mein Held!" Dabei griff sie nach der Hand des Hochgelobten, tätschelte, was das Zeug hielt, und schmachtete den Helden volle Breitseite an. Dieser wusste gleich gar nicht, wie ihm geschah, denn er war in solchen Dingen unerfahren. Als General hatte er sich mehr in der Kaserne rumgetrieben als auf dem Schlachtfeld der Liebe getummelt. Nun wurde ihm ganz heiß, die Wangen rot und die Haarspitzen kribbelten ordentlich. Er räusperte sich schließlich und stammelte: „Ja, das äh, ich meine, also, der Zar und so, gut und schön. Ich, ähem, stets zu Ihren Diensten. Komme, was wolle, das wäre ja noch schöner, nicht mit mir, ihr Schurken!" Dabei entzog er ihr seine Hand und rang um Fassung. Die Comtesse hingegen hatte sich rasch gefasst, war flugs auf den Füßen, öffnete die Tür des Abteils und rief in den Gang nach dem Schaffner: „Das Gepäck hier hinein. Aber dalli!"

Fortan hatte unser Zauberer keine ruhige Minute mehr. Sie fragte ihm ein Loch in den Bauch, wollte alles ganz genau wissen. Wo er schon überall aufgetreten sei, was er weg- und was er hergezaubert habe und was dabei übrig geblieben sei. Selbst während der Mahlzeiten, trotz ihres gesegneten Appetites, ließ sie nicht von ihm ab. Unser General versuchte ihr, so gut es ging, seine zurechtgelegte Geschichte aufzutischen. Wenn ihm nichts mehr einfiel, dann entschuldigte er sich und schob es auf seine Vergesslichkeit, deretwegen er ja zum Kuren nach Karlsbad fahre. Madame de Shabraque

bedauerte ihn dann und strich ihm fürsorglich über den Kopf. „Mein armer, tapferer Zauberer!" Der hatte mittlerweile Gefallen daran gefunden und berichtete jetzt, immer in Erwartung neuer Zärtlichkeiten, von echten Wehwehchen und erfundenen Gebrechen. Die Comtesse ließ sich nicht lumpen und streichelte bald über Wange und Rücken. Einmal fasste sie sogar ganz keck ans Knie des vom Leben Gezeichneten und sprach: „Ach, welch glückliche Fügung des Schicksals hat uns hier zusammengebracht. Ich mag nicht an den Zufall glauben, es muss Vorsehung sein." Irgendetwas von Seelenverwandtschaft sagte sie auch noch, das hatte unser General aber nicht mehr richtig gehört, er war nämlich gerührt und Rührung schlug bei ihm auf die Ohren. Dann seufzte sie und er seufzte auch. Ihre Blicke trafen sich und fast auch ihre Lippen. Wäre da nicht der Hauptschaffner ins Abteil geschneit und hätte sich nach dem werten Befinden erkundigt und ob man noch Hunger oder Durst verspüre. Die Comtesse bejahte begeistert und bestellte eine Flasche Fassbrause, und zwar Spumante, aber dalli: „Damit es ordentlich prickelt zur Feier des Tages!"

Kurzum, ihr habt es schon erkannt, das Abteil der transsibirischen Eisenbahn von Omsk über Jekaterinburg und Nowgorod nach Moskau wurde zu einem Liebesnest. Warum auch nicht, für ein liebendes Paar ist schließlich Platz in der kleinsten Hütte. Man gab sich Kosenamen. Außerdem waren die beiden alt genug, mehr als drei mal sieben Jahre, und bei Sinnen. Die Comtesse zumindest. Unser Zauberer hingegen war derart betört, dass es ihn schwindelte. Er schwebte auf Wolke sieben, hatte Schmetterlinge im Bauch, ihr wisst schon, er redete wirres Zeug, schwor alberne Schwüre, machte verrückte Versprechungen und guckte dabei jeweils ausgesprochen dämlich aus der Wäsche. Was man eben so tut, in einer solchen Situation, Liebeskaspereien mit allem drum und dran.

Der Comtesse jedenfalls gefiel es, und das war für unseren frisch Verliebten das Allerwichtigste auf der ganzen Welt. Diese bestand für ihn nur noch aus dem Abteil und seinem Schabräckchen, wie er sie scherzhaft zu nennen pflegte. Alles andere war vergessen, sein treuer Freund Aleksej genauso wie das eigentliche Ziel der Reise, Weihnachten im Erzgebirge zu feiern.

Bei aller trauten Zweisamkeit kam dann doch der Moment der Trennung. Das Schabräckchen musste sich die Nase pudern und dafür das Liebesnest verlassen. Unter Beteuerungen, wie sehr man sich jetzt schon vermisse, und einem neckischen Wettstreit, wer den anderen mehr vermissen werde, war sie irgendwann aus der Tür.

Unser Zauberer seufzte und wollte gerade gedankenverloren aus dem Fenster schauen, da wurde die Stille jäh unterbrochen.

NEUNTES KAPITEL

EIN ÜBERRASCHENDER AUFTRITT

„Endlich, du fasst es nicht! Was für ein Gesäusel und Getue!“ Die Stimme kam aus dem Zylinder und gehörte dem Hasen. Unser Zauberer erschrak und schaute zu, wie der sichtlich verärgerte Reisegefährte aus dem Hut auf den Sitz hopste. „Hunger! Ich lebe nicht von Luft und Liebe, du Aushilfscasanova! Durst!“ Dabei schnappte er sich die Fassbrause und, haste nicht gesehen, auf Ex und weg. Der nächste Griff galt einem einsamen Hühnerbein, welches samt Knochen der Fassbrause hinterherhumpelte. Diesen Weg gingen noch ein Schnitzelchen und zwei Buletten. Ohne weitere Umstände verleibte sich der Hase noch eine ganze Kalbspastete ein, die er mit einer weiteren Flasche Fassbrause hinunterspülte. Ein kräftiges Bäuerchen, stolz präsentiert, schloss das frugale Mahl ab. „Gestatten, mein Name ist Hase. Einfach nur Hase.“

„Du kannst sprechen?“, fragte unser Zauberer entgeistert.

„Alter, was’n? Du bist ein Nussknacker, reist durch die Weltgeschichte, machst ein Vermögen mit Birkenwasser und bändelst mit einer ‚Comtesse Frégate de Schabraque‘ an! Ausgerechnet du wunderst dich, dass ich sprechen kann?“

Unser Generalzauberer äußerte sich dazu nicht. Vielmehr wunderte er sich, still und leise, da etwas eingeschüchtert, dass der Hase die mit Honig glasierten Möhrchen verschmäht hatte. Dieser konnte wohl Gedanken lesen: „Fleisch ist mein Gemüse“, gab er lapidar zu Protokoll.

„So, mein Freund und Kupferstecher, mein Don Juan auf Abwegen ...“, fuhr der Hase fort „... jetzt spitz mal deine Ohren und stell deine Lauscher auf Empfang. Die Fregatte segelt unter falscher Flagge, wenn du weißt, was ich meine. Anders gesagt, bei der Schabracke hast du aufs falsche Pferd gesetzt, capito? Die Comtesse ist nicht Crème de la Crème, nix Hautevolee, von wegen Noblesse oblige!“

Wer jetzt denkt, der Verliebte wird stutzig, kommt gar ins Zweifeln und besinnt sich etwa, und zwar eines Besseren, der kennt die Liebe nicht. Nein, nein, im Gegenteil, unser Freund brauste auf und schäumte wie Fassbrause, die stundenlang auf holprigen Wegen auf einem Eselskarren durchgeschüttelt wurde. Der Galan echauffierte sich wie folgt: Er verbiete sich diese Unterstellungen, die Comtesse sei von erlesenem Liebreiz, unzweifelhaft blauen Geblüts und der edelste und uneigennützigste Mensch, den man sich in der Transibirischen Eisenbahn, sogar in ganz Russland, in Europa sowieso, auf der großen weiten Welt, ach was, im ganzen Universum vorstellen könne. Der Hase nagte derweil gelangweilt an einem Kotelettknochen. „Alter, du musst doch Tomaten auf den Augen haben! Dir wachsen doch Teltower Rübchen aus den Ohren und Gras aus der Nase! Die Tante erzählt dir eine Grütze, das ist schon nicht mehr feierlich! Merkst du es noch? Die tätschelt nicht an dir rum, weil du aus feinstem Holz gedrechselt ...“, verstummte jäh und hopste geschwind zurück in den Hut, denn durch die Milchglasscheibe der Abteiltür war die Herzensdame schemenhaft zu sehen. Sie tuschelte mit dem Hauptschaffner, gut erkennbar an seiner Hauptschaffnerdienstmütze.

ZEHNTES KAPITEL

DAS UNGLÜCK NIMMT SEINEN LAUF

„Ach mein Goldstück ...", flötete sie, das Abteil betretend, „wie habe ich nur ohne dich leben können, all die vielen Jahre!" Das Goldstück nickte und schaute verzückt. Die Comtesse hingegen legte ihr Gesicht nun in Falten und schaute sorgenvoll: „Setz dich her zu mir, wir müssen reden." Das hätte für unseren Zauberer eigentlich schon Warnung genug sein müssen, aber, wie schon gesagt, er war unerfahren, was die Frauenzimmer anging. „Sie sind hier im Zug! Sie trachten mir nach Leib und Leben! Du bist meine einzige Rettung!" Gerade wollte unser Generalzauberer sich wieder in Positur werfen und etwas in der Art von „Sollen sie nur kommen, die Halunken!" hinausposaunen, da öffnete der Hauptschaffner die Tür: „Sie sind hier im Zug! Sie trachten Euch nach Leib und Leben! Ihr seid der Comtesse einzige Rettung!" Die war mit dem Vortrag des Hauptschaffners nicht zufrieden, zu wenig Variation, zu wenig Leidenschaft. Vom Satzbau ganz zu schweigen. Deshalb sah die Comtesse sich genötigt, sich um etwas mehr Drama zu bemühen. „Ach wie fürchterlich, ich bin verloren. Bringt Euch in Sicherheit, Liebster! Rennet, rettet, flüchtet Euch! Lasst mich zurück! Oh grausames Schicksal, die Leidenschaft flieht, doch die Liebe bleibt ewig!" Dabei drückte sie den Zauberer an sich. Der hätte auch gerne etwas beigetragen, doch hatte er erstens einen Kloß im Hals, zweitens befand sich sein Kopf tief im Dekolleté der Comtesse, eigentlich sogar das ganze Kerlchen, und drittens deklamierte der Hauptschaffner schon wieder: „Wenn Ihr doch nur Eure Schulden begleichen könntet! Am Gelde hängt, zum Gelde drängt doch alles! Ach wir Armen!" Die ehrenwerte Comtesse Frégate de Shabraque schluchzte nun bitterlich, dabei hob und senkte sich die ganze Brüstung so immens, dass unser General ein bisschen seekrank wurde, Luft bekam er zudem kaum noch, er hörte auch nicht gut in seiner Lage. Der Hauptschaffner sprach, sehr rücksichtsvoll, deshalb etwas lauter: „Mit Tränen könnt Ihr Eure Schulden nicht begleichen, Teuerste!"

Ehe er sich versah, wurde unser Zauberer abgesetzt und angeherrscht. Geld werde jetzt gebraucht, schnell, denn es sei dringend. Dalli, dalli! Da ihm immer noch schwindelig und er auch betört vom Aufenthalt in den Bergen war, zudem vom nun doch überraschend rauen Ton eingeschüchtert, zeigte er auf den Zylinder. Der Hauptschaffner fand schnell den doppelten Boden, indem üblicherweise ein Hase, jetzt aber die ganze Reisekasse, eingeschlagen in braunes Packpapier und gut verschnürt, verborgen war. Durch das Fenster drang nun der eindringliche Pfiff der Lokomotive. Der Hauptschaffner ließ, mir nichts, dir nichts, das Geldpäckchen in seiner Jacke verschwinden, die Comtesse raffte ihre sieben Sachen zusammen, schon tönte es: „Nowgorod! Nowgorod! Vorsicht an der Bahnsteigkante! Es fährt ein, die Transsibirische Eisenbahn nach Moskau, Jaroslawler Bahnhof. Der Zug hat einen Aufenthalt von fünfzehn Minuten. Bitte treten Sie zurück!“ Fregättchen war schon durch die Tür, nicht ohne mit einem höhnischen Lächeln einen Luftkuss nach unserem düpierten Liebhaber zu werfen. Das war das Letzte, was er sah, denn der Hauptschaffner hatte ihn kurzerhand in den Koffer bugsiert, und schon schloss sich der Deckel, die Schlösser schnappten ein, der Schlüssel drehte sich und es wurde dunkel, zappenduster. Unserem Zauberer wurde rabenschwarz vor den Augen, er streckte alle viere von sich, sah Sternchen und fiel in Ohnmacht.

Das Gangsterpärchen suchte geschwind das Weite und ward auch nicht mehr gesehen. Der Hase hingegen kroch nun unter dem Sitz hervor, klopfte sich den Staub aus dem Fell und schüttelte sich und seinen Kopf. Dabei fluchte er kräftig vor sich hin, eher so, wie man es von einem alten, wettergegerbten Seemann in stürmischer See erwarten würde, weniger von einem doch eher niedlich anzuschauenden weißen Hasen: „Beim Klabautermann, was für ein Diebsgesindel! Lumpen und Kanaillen! Strolche, Halunken und Diplombanditen! Der Labskaus soll euch im Halse stecken bleiben, ihr schniefenden Schweinsrotznasen! Doppelt gelockte Schafsköppel, elende! Sollen euch die Höllenhunde um den Mast hetzen, bis euch schwindelig wird und ihr Bröckchen lacht! Hässliche Gurkennasen, dämliche Höllendackel, verlauste Rollschwanzaffen!“ Das waren noch die freundlichsten Ausdrücke. Die anderen, ich hoffe auf euer Verständnis, kann ich hier aus Gründen des Anstands nicht wiederholen.

Der Hase machte sich nun auf die Suche nach seinem Reisegefährten. Da er ihn nicht sogleich erblickte, befürchtete er, die „Erzganoven, die vermaledeiten!“ hätten ihn entführt, um ein Lösegeld zu erpressen. „Das würde euch so passen, keinen Piaster zahle ich für den Zausel!“ Der Hase setzte sich neben den Koffer und dachte nach. Was tun? Alleine weiterfahren? Nicht ungefährlich für einen alleinreisenden Hasen. Nicht nur der Füchse wegen, derer könnte er sich erwehren, mit List und Tücke, zur Not auch Fersengeld gebend, nein, Kinder waren da viel gefährlicher. Ein Leben als Haus- und Schmusehase wäre gar nicht nach seinem Geschmack. „Diese widerlichen kleinen Biester mit ihren hohen Stimmen und dem andauernden Angekrabbel!“ Womöglich bekäme er sogar noch ein Schleifchen um die Wamme gebunden! Man erzählte sich derlei Grausamkeiten in Hasenkreisen zu später Stunde, wenn man sich gruseln wollte. So in Gedanken versunken überhörte er das Kratzen und Scharren im Koffer. Der Zauberer war aus seiner Ohnmacht erwacht und suchte sich nun aus seiner misslichen Lage zu befreien. Erst als er mit voller Wucht gegen den Kofferdeckel hämmerte, bemerkte der Hase das Geräusch und rief gedankenverloren: „Herein, wenn's kein Schneider ist!“ Prompt schallte es ungeduldig aus dem Koffer: „Heraus, ich will heraus!“ Der Hase war erleichtert, denn er erkannte die Stimme des Zauberers. Er konnte seine Freude aber nicht so richtig zeigen. In diesen Fällen neigte er zu speziellen Schimpftiraden:

„Dann komm doch heraus, du verdammter Philologe, notorischer Numismatiker, du!“

„Erstmal können vor Lachen!“, antwortete der Zauberer postwendend.

„Ach, der feine Philatelist ist zu Scherzen aufgelegt, es beliebt ihm, den katatonischen Kathartiker zu geben!“

„Hase, du redest wirres Zeug, hilf mir lieber und mach den Koffer auf!“

„Ich? Wirres Zeug? Du hörst dich an wie ein kantonesischer Klapskantor, ein antropophagischer!" Das hat gesessen, dachte der Hase, hatte es aber nicht. Unser Zauberer zeigte sich unbeeindruckt und schlug mit denselben Waffen zurück:

„Pass mal auf, du Kässnappl, bei drei machst du den Koffer auf, alter Mottenkopp, sonst komm ich dir hier raus und dann kannst du was erleben, erbärmlicher Galgenvugl!"
„Das will ich sehen, du protzender Podopäde, lästiger Logopode, ich zähle: eins, zwei, zweieinhalb, drei! Wo bleibst du denn, du possierlicher Prokrastinast! Da hat der salbadernde Soprankatachet wohl den Mund zu voll genommen, der randtschechische!"

Stille. Aus dem Koffer drang kein Ton. Unserem Zauberer dämmerte, dass es in seiner Lage keine Spitzenidee gewesen war, seinen Retter mit haltlosen Drohungen zu verärgern. Dieser saß nun zurückgelehnt und bequem. Ein Meerschaumpfeifchen hatte er sich gestopft, denn er hatte ja Zeit, blies mächtig Schwaden in die Luft und wartete ab. Sollte der Zauberer doch sehen, wie er zurechtkam.
Der kam erst mal alles andere, aber weder zurecht noch aus dem Koffer. Er ärgerte sich tüchtig, über seine Lage und dass er der Schabracke auf den Leim gegangen war und natürlich dass er den Hasen verärgert hatte. Peinlich war ihm die ganze Sache zudem auch noch, und zu stolz, es sich und vor allem dem Hasen einzugestehen, war er auch. Was macht man nun gewöhnlich in so einer Situation? Nun, entweder tut man so, als wäre gar nichts vorgefallen und alles stünde zum Besten. Oder aber man wechselt möglichst unauffällig das Thema.

Unser Zauberer pfiff erst mal eine eingängige Melodie, um Zeit zu gewinnen. Wie der Zufall es wollte, pfiff er des Hasen Lieblingslied. Der kramte flugs aus dem Zylinder ein Akkordeon hervor und stimmte ein:

„Seemann, lass das Träumen, denk nicht an zu Haus. Seemann, Wind und Wellen rufen dich hinaus: Deine Heimat ist das Meer, deine Freunde sind die Sterne, über Rio und Shanghai, über Bali und Hawaii. Deine Liebe ist dein Schiff, deine Sehnsucht ist die Ferne, und nur ihnen bist du treu, dein Leben lang.“

Aus dem Koffer begleitete der Zauberer die musikalische Darbietung mit einem sirenengleichen „Huhuhuuu“ zwischen den Strophen. Kaum war der letzte Ton verklungen, hatte der Hase auch schon den Koffer aufgemacht, den Zauberer an sein Hasenherz gedrückt und geschluchzt: „Meine Heimat ist das Meer!“ Der Zauberer, den Mund voller Hasenbrustfell, wünschte sich klammheimlich an die Gestade der wohlig wogenden Wellenberge zurück. Sagte aber nichts, spuckte und spruzte stattdessen, um die Hasenhaare loszuwerden. Endlich konnte er wieder reden: „Du bist wohl ein Seehase?“ „Ach, papperlapapp, ein Seebär bin ich, ein waschechter. Ein in allen Wassern der sieben Weltmeere gebadeter!“ Zum Beweis holte er eine Augenklappe aus dem Zylinder und zog sie über seine langen Hasenohren kokett auf das linke Auge. Mit dem anderen blickte er den Zauberer herausfordernd an. Der war noch nicht ganz überzeugt. Der Hase zog mit Schwung einen Krummsäbel aus dem Zylinder, nahm ihn zwischen die Hasenzähne, was gar nicht mal so einfach war, und flötete: „Pfertisch sum endern! Isch pin ain Birat!“ Dabei fiel ihm der Säbel aus der Schnute und auf die Pfote. „Aua! Bin etwas aus der Übung“, setzte er erklärend hinzu. „Mmh“, meinte unser Zauberer, „tätowiert bist du dann sicher auch, oder etwa nicht?“ „Und wie! Nach allen Regeln der Kunst! Mit Anker und Steuerrad auf dem linken Arm, mit Kompass und Totenkopf auf dem rechten!“ „Sonst noch was?“ „Nur noch ein Herz.“ „Ach?“ „Steht ‚Mutti ist die Allerbeste‘ drunter.“ „Soso! Dann will ich dir mal glauben, dass du ein echter Pirat bist.“ „Kannste auch!“

Der Zug hatte sich schon wieder in Bewegung gesetzt, um seinen Weg nach Moskau fortzusetzen. Schließlich seufzte unser General: „Das schöne Geld ist auch weg! Wie sollen wir nun weiterreisen?“ Der Hase setzte eine sorgenvolle Miene auf und zog die Schultern nach oben. Im Abteil machte sich ein unangenehmes Schweigen breit. Der Hase ließ sein Stummelschwänzchen kreisen und unser General blickte angestrengt aus dem Fenster, obwohl dort eigentlich nichts Sehenswertes vorbeizog. Aus dem Augenwinkel sah er das rotierende Hasenschwänzchen, welches zwischen den Drehungen immer mal eine kleine Pause einlegte. Dann ging es wieder los, mal schneller, mal langsamer. Schließlich blieb es stehen. Unser General fühlte sich an etwas erinnert, irgendwas kam ihm bekannt vor. Er versuchte, sich seine bisherigen Begegnungnen mit Stummelschwänzchen ins Gedächtnis zu rufen. Aber da war nichts, was Eindruck hinterlassen hatte oder im Rahmen dieses Berichtes zu erwähnen wäre.

ELFTES KAPITEL

HALS ÜBER KOPF

In Moskau angekommen, irrten die beiden zunächst um den Bahnhof herum. Der General hatte sich bis dahin keine Gedanken gemacht, wie es von hier aus weiter ins Erzgebirge gehen sollte. Mit ausreichend Zaster zwischen Daumen und Zeigefinger war diese Unbekümmertheit auch nicht besorgniserregend. Die Taschen mit Rubelchen gestopft wie eine Weihnachtsgans mit Äpfeln und Apfelsinen ließ es sich gut in den Tag hineinleben und den lieben Gott einen guten Mann sein lassen. Völlig mittellos hingegen wäre ein guter Plan hochwillkommen gewesen. Aber wie es so ist, guter Rat ist teuer, und wenn man kein Glück hat, kommt oft auch noch Pech hinzu. Zuerst aber wurde es Abend und damit nicht ganz überraschend dunkel. Unsere beiden gestrandeten Helden versuchten, sich in einem Warteraum, so gut es eben ging, für die Nacht einzurichten. Sie wurden aber von einem ebenso unangenehmen wie übereifrigen schnauzbärtigen und kurzatmigen Bahnhofshilfspolizisten des Platzes verwiesen, „Keine Fahrkarte, kein Obdach!", und fanden sich mutterseelenallein auf dem zugigen Bahnhofsvorplatz wieder. Fröstelnd schauten sie sich ratlos an. Plötzlich tauchte der Schnauzbärtige auf, diesmal war er in Begleitung von zwei kräftige Matronen, mit Keschern und entschlossener Miene ausgerüstet. „Meine Damen Hundefängerinnen", rief er, „da sind die Spione!" Es brauchte nicht viel Fantasie, um nichts Gutes zu ahnen. Der Hase übernahm das Kommando, er deutete auf eine Treppe, die in den Untergrund führte. „Ab in die Metro!", rief er und stürzte Hals über Kopf los. Unser General kam kaum hinterher. Die Treppe, immer zwei Stufen nehmend, hinab, nach links, nach rechts und rein in die U-Bahn, unter einer Bank versteckt und mucksmäuschenstill. Schon polterten schwer keuchend und laut fluchend die Häscher durch das Abteil. Stocherten mit ihren Keschern unter den Bänken herum, um nach ihren Opfern zu fischen. Mit dem Poppes an der Wand machte sich der Hase ganz, ganz dünne. Der General tat es ihm, so gut es eben ging, hölzern, wie er war, gleich. Kurz bevor die Matronen sich an ihrem Versteck zu schaffen machten, trippelten unsere beiden auf Zehen- und Pfotenspitzen aus der Gefahrenzone. Immer an der Wand entlang, mit angehaltenem Atem und leise. Der Hase hielt inne und zeigte auf die Türe. Dann zählte er bis drei. „Eins, zwei, drei!" „Attacke! Auf sie mit Gebrüll!", rief der General, „Bei Poseidon seinem Dreizack!", der Hase. Die Matronen waren tüchtig verwirrt, stolperten fast übereinander und verkeilten sich zwischen zwei Bänken. Aus Höflichkeit hatte ich bisher nicht erwähnt, dass die Damen nicht gerade zierlich waren, eher vollschlank, man könnte sagen füllig, überbordend würde es auch treffen. Matronen eben. Die beiden Flüchtenden waren schon fast in Sicherheit, da nahmen die Grazien noch mal richtig Fahrt auf. Ein weiter Sprung durch die Türe, der Hase stolperte, fiel längelang hin, der General hastete zu ihm, den bangen Blick auf die heraneilenden, Kescher schwingenden und vor Wut furchterregend fuchtelnden Furien gerichtet. „Lass mich zurück!", rief der Hase. „Ich bin verletzt und wäre dir nur eine Last! Versuche dein Glück, bring dich in Sicherheit und vergiss mein nicht!" Die letzten Worte sprach er mit tränenerstickter, gebrochener Stimme, auf den Boden hingegossen, die rechte Pfote theatralisch an die Stirn haltend. „Papperlapapp!", entgegnete der General. „Du willst meinen Platz wissen, Hase? Überall, wo gekämpft wird!" Sprach's, stellte sich breitbeinig vor seinen Freund, zog den Säbel und blickte heroisch. Er sah die Matronen, die mit Schmackes gegen die sich schließende Türe krachten und benommen nach unten rutschten. Die U-Bahn fuhr los, unser General ließ den Säbel sinken, der Hase rappelte sich auf. Die beiden lachten erleichtert. „Das ist noch mal gut gegangen", sagte der Hase. „Und deine Verletzung?", erkundigte sich besorgt der Generalzauberer. „Alles im Lot, gutes Heilfleisch, ein Indianer kennt keinen Schmerz!"

Doch schon hieß es wieder Obacht geben, denn der kurzatmige, schnauzbärtige Bahnhofshilfspolizist japste gerade die letzten Treppenstufen hinunter. Zum Glück war er erstens: nicht der Schnellsten einer und zweitens: diesmal ohne Verstärkung. Mit lautem Gebrüll versuchte er nun die anderen Reisenden auf dem Bahnsteig zu überzeugen, sich auf die beiden Spione zu werfen und sie im Namen des Vaterlandes festzusetzen. Auf Gleis 5 setzte sich gerade ein Zug in Bewegung. Der Hase bekam gerade noch so den Griff der letzten Türe zu fassen, mit der anderen Pfote zog er den General zu sich. Die beiden klammerten sich fest an den Wagen und es gelang ihnen, auf das Dach zu klettern.

Der Zug fuhr ein gutes Stück durch die Dunkelheit, hier und da hielt er an einer der kunstvoll ausgestalteten Metrostationen. Prächtige Deckengemälde, erleuchtet von mächtigen Kandelabern, vergoldeter Stuck, leuchtende Glasbilder und Marmor überall. Ein Märchenschloss hätte nicht opulenter ausgestattet sein können, Prinzessinnen waren aber trotz allen Pompes nicht zu erspähen. Schließlich, mitten in der Nacht, erreichte der Zug seine Endhaltestelle, um von allen Passagieren, Schaffnern und dem Fahrer verlassen zu werden. Hier pfiff ein scharfer Wind durch den Tunnel, der General und der Hase froren bis aufs Mark und klapperten mit den Zähnen. „Nichts wie raus hier", sagte der Hase „bevor ich mir noch meine Ohren steif friere und mir den Tod hole. Was Besseres als das hier finden wir überall." Gesagt, getan. Runter vom Waggon und rauf an die frische Luft.

Dort kam zu dem Wind auch noch heftiger Regen, dicke Tropfen platschten auf das Kopfsteinpflaster. Hier und da hatten sich schon Pfützen gebildet, in denen unser Generalzauberer seinen Fahrtenschwimmer hätte machen können, wenn er gewollt hätte. Er wollte aber nicht. Die ganze Szenerie wurde blässlich beleuchtet von einer tranfunzeligen Straßenlaterne. Insgesamt eher ungemütlich und auch ein wenig unheimlich. Aus der Ferne war ein Grollen zu vernehmen, stetig lauter werdend. Bald schon waren Scheinwerfer zu sehen, die, wie sich herausstellte, zu einem ansehnlichen Lastwagen gehörten. Dieser hielt mit quietschenden Bremsen genau vor dem Tunnel. Der Fahrer sprang heraus, holte ein Päckchen von der Ladefläche und verschwand fluchend in der Dunkelheit. Der Motor brabbelte indes unbeirrt vor sich hin, die Fahrertür stand offen. „Hopp, hopp, fertig machen zum Entern!", rief der Hase, sprintete los, und mit einem Satz saß er vor dem Lenkrad. „Wir haben es eilig!", raunte er unserem Generalzauberer zu. Dieser hatte mit Mühe und Not das Fahrerhaus

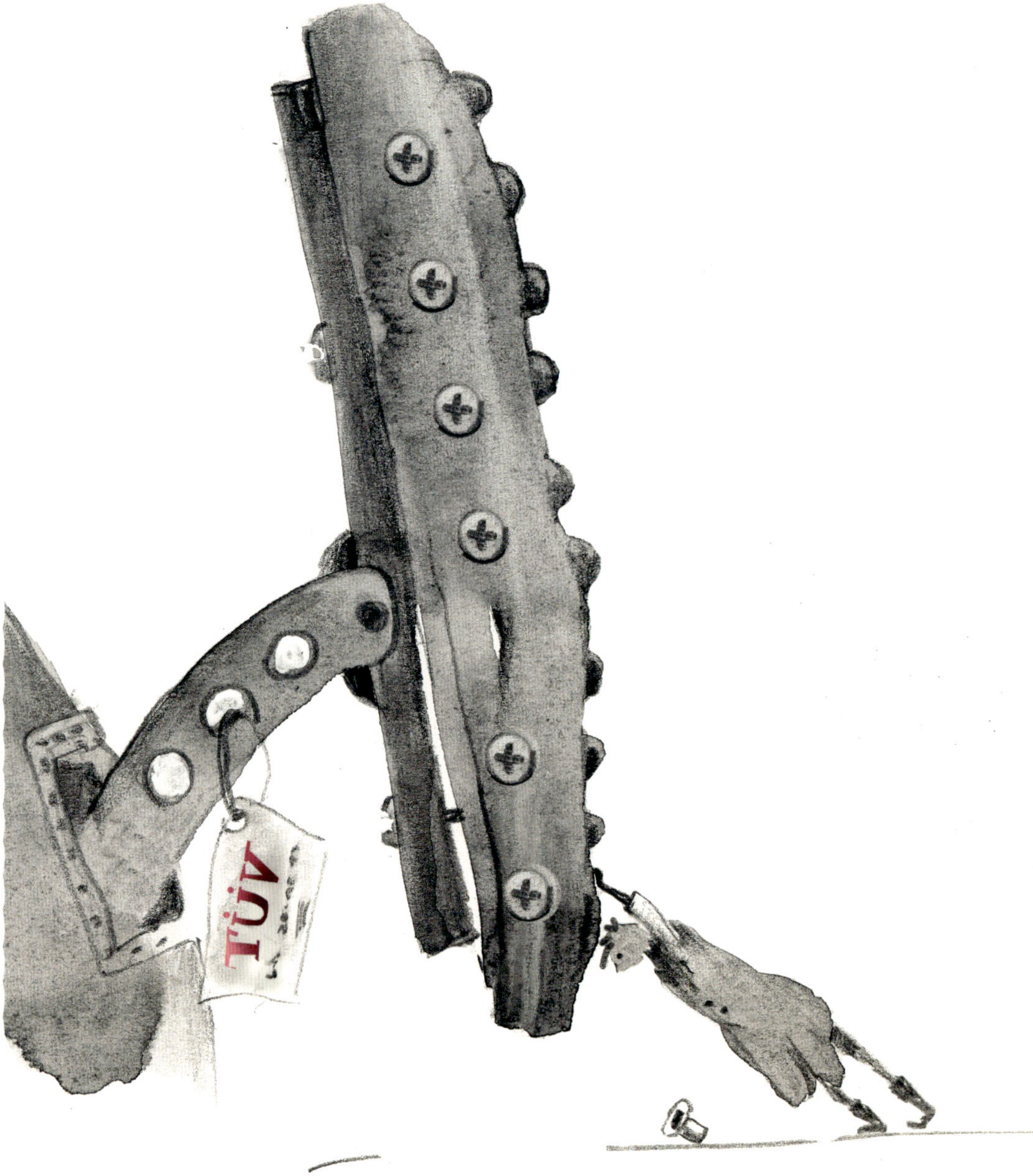
TÜV

erklommen, stand unschlüssig im Fußraum herum und schaute entgeistert zum Hasen hinauf. Der ließ die Türe ins Schloss fallen und befahl: „Kupplung!“ Dabei löste er schon mal die Handbremse, der Wagen begann langsam zu rollen. „Maschinist, die Kupplung!“, und endlich begriff unser General, was zu tun war. Mit aller Kraft und unter Einsatz seines gesamten Körpergewichtes drückte er die Kupplung bis fast zum Bodenblech. Der Hase legte den Gang ein: „Kommen lassen und Gas!“ Der General tat, wie ihm geheißen, der Motor heulte auf und der Wagen schoss nach vorne. Der Hase war in seinem Element. Geschickt steuerte er den Lastwagen um die Kurven, auf Ansage drückte unser Zauberer auf die Bremse oder auf die Tube. Bald hieß es wie selbstverständlich: „Maschinist, volle Kraft voraus!“ und „Ay, Ay, Sir!“ So fuhren die beiden, bis der Morgen dämmerte. Der Regen hatte mittlerweile aufgehört und die ersten Sonnenstrahlen waren bereit, die Erde und alles, was auf ihr kreuchte und fleuchte, zu wärmen. Der Hase rief: „Maschinist, wirf den Anker!“, und dieser stieg in die Eisen. Der Lastwagen kam auf einem kleinen Parkplatz neben der Landstraße zum Stehen. Moskau hatten sie schon einige Zeit hinter sich gelassen, sie wussten aber nicht, wohin sie gefahren waren. Darum würden sie sich später kümmern, jetzt forderte die Müdigkeit erst einmal eine gehörige Mütze Schlaf. Kaum war der Motor verstummt, zog es den beiden die Augenkläppchen zu und sie schliefen tief und fest.

ZWÖLFTES KAPITEL

WIE KLEIN DIE WELT DOCH IST

Aurelius Spekulatius rappelte sich mühsam auf. „So ein Heini!“, knurrte er ungehalten. „Der denkt wohl, wunders wer er wär!“ Er schob seinen Südwester auf und setzte ihn sorgfältig auf seinen hellen Schopf, tief ins Gesicht gezogen, damit kein blondes Haar hervorlugte und dem mächtigen schwarzen Bart widersprach, den er sich angeklebt hatte. Aurelius klopfte den Staub von seinem Ölzeug und richtete sich zu voller Größe auf. Wenn man das so sagen kann bei einem Engelchen, das ein Bruder vom kleinen Däumling und von Daumesdick sein könnte.

Erst mal einen Überblick gewinnen, die Lage peilen. Es war gerade die Dämmerung hereingebrochen, und viel war nicht zu sehen. Eine einsame Landstraße, kein Auto, kein Fahrrad, kein Mensch weit und breit, dafür linker und rechter Hand endlose, abgeerntete Felder. Alles grau in grau und so trist, dass es fast schon wieder beruhigend war, oder ermüdend. Vielleicht auch beides. Darüber dachte Aurelius aber nicht nach, vielmehr suchte er nach einem geschützten Platz für die Nacht. Trocken wäre nicht schlecht, noch besser aber warm. Sein Ölzeug hielt schließlich den Regen bestens ab, aber leider nicht die Kälte. Es half nichts, hier war kein gemütliches Plätzchen auszumachen. Er musste los, die Straße lang, hoffend Unterschlupf zu finden. Um sich die Zeit zu vertreiben und auch um sich ein wenig Mut zu machen, pfiff Aurelius ein Lied und bald schon sang er, den Umständen entsprechend, fröhlich das Lied von den „Drei Jungs aus dem Pfefferkuchenland“:

„Vi komma, vi komma från Pepparkakeland, och vägen vi vandrat tillsammans hand i hand.“

Aurelius hatte es nämlich nach Schweden verschlagen, genauer gesagt nach Uppsala. Das war nördlich von Stockholm, also auf der Karte nach oben, von Stockholm aus gesehen, versteht sich, von Racksund aus gesehen ziemlich ganz genau nach unten, also südlich. Versteht ihr? Na klar. Klar wie Köttbullar!

Nun war er auf dem Weg ins Erzgebirge, ihr werdet es schon ahnen, wahrscheinlich sogar wissen, und zwar um Weihnachten zu feiern im Sommer. Vorgestern erst hatte er sich von Anni-Frid und Agnetha verabschiedet. Die beiden hatten ihn zum Schiff gebracht, das ihn nach Kiel bringen sollte. Ein tränenreicher Abschied war das gewesen. Mit Küssen und Umarmungen, Schwüren und Versprechungen. Die drei waren allerbeste Freunde geworden, ganz dicke Tinte! Obwohl das erst mal gar nicht so ausgesehen hatte. Anni-Frid war gar nicht begeistert, als Aurelius ins Haus kam, und Agnetha hatte ihr Gesicht aufgesetzt. Dieses Agnethaspezialgesicht, das immer passend war, wenn sie etwas unpassend fand, und dies geschah nicht selten, um nicht zu sagen häufig. Ihre Oma, also Anni-Frids Oma Astrid, hatte ihn, also Aurelius, als Weihnachtsgeschenk mitgebracht. Das fand Aurelius allerdings auch nicht gut, er wollte schon selber über sein Leben bestimmen und nicht als Geschenk irgendwohin verfrachtet werden, so mir nichts dir nichts, ungefragt.

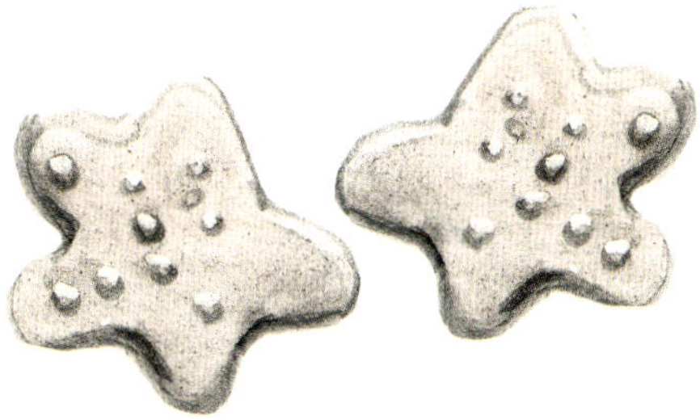

DREIZEHNTES KAPITEL

GESTATTEN: SPEKULATIUS, AURELIUS SPEKULATIUS!

Aber von Anfang an. Ich habe euch Aurelius ja noch gar nicht richtig vorgestellt. Also:

Aurelius Spekulatius ist der Bruder von Kathrinchen Zimtstern und damit auch ein Engelchen. Kathrinchen ist doch bekannt, oder? Sie ließ sich für gewöhnlich kein X für ein U vormachen, und hinters Licht führen ließ sie sich schon mal gar nicht, am Zeuge flicken schon überhaupt niemals nicht.
Über das Kathrinchen und ihre Abenteuer gibt es ja ganze Bücher.
Sie ist im Erzgebirge weltberühmt, kann man sagen. Sogar darüber hinaus kennt man das abenteuerlustige Engelchen mit Effet. Kathrinchen hat Schmackes. Ein Engelchen mit Düsenantrieb.

Ihr Bruder Aurelius aber ist aus anderem Holz gedrechselt. Nicht, dass er sich die Schokoladencreme vom Brot nehmen ließe. Das ganz bestimmt nicht! Charakterlich, meine ich. Er hing am liebsten am Rockzipfel, am besten einem Rock mit tiefen Taschen, welche mit Süßigkeiten aller Art gefüllt sind. Abenteuer und weite Reisen waren seine Sache nicht.
Wenn er sich nicht gerade feinste Spezereien in die Futterluke schieben ließ, quasselte er ohne Unterlass.
Aurelius ist eine richtige Lappgusch, wie man auf Erzgebirgisch sagt. Ein Quatschfass also, zudem mit einem ausgeprägten Hang zu Naschwerk, kuscheligen Federbetten und Kachelöfen. Kurzum, ein geschwätziger Freund satter Gemütlich-, Bequemlich- und Annehmlichkeit. Eins müsst ihr aber unbedingt noch wissen: Aurelius bekommt, ohne sich anzustrengen, immer, was er will. Wie er das macht? Er ist so zuckersüß und so niedlich, dass man ihm einfach nichts abschlagen kann. Wenn

man es doch versucht, dann hat er so seine Tricks. Zum Beispiel ganz traurig zu gucken, ein Schnütchen zu ziehen und von einem Fuß auf den anderen zu tapsen. Für die meisten Leute ist das schon genug. Sie geben auf und alles her. Bei besonders hartnäckigen Zeitgenossen steckt Aurelius sich sogar noch ein Tränchen ins Knopfloch. Das klappt in 99,99 Prozent aller Fälle. Für die anderen 0,01 Prozent muss halt ein wohldosierter Tobsuchtsanfall her. Mit allem drum und dran. Fuß aufstampfen, sich gegen die Brust trommeln, sich auf den Boden werfen und so weiter. Das ganze Programm, und zwar theatralisch. Schreien nicht vergessen, stummen Tobsuchtsanfällen fehlt es an Dramatik und somit an Wirkung.
Oder aber Aurelius packt seine Spezialsätze aus. Einer seiner Klassiker: „Ich hatte mich so darauf gefreut." Mit einem resignierten Tonfall, so abgründig und hoffnungslos vorgetragen. Irgendwie verloren muss es klingen. Auch immer wieder gut: „Du hast es aber versprochen!" Vom Tonfall fordernd, mit einem Schuss Enttäuschung. Der Angesprochene muss das Gefühl haben, es nie wiedergutmachen zu können. Woher Aurelius das kann? Er war auf der Ningelakademie und hat alle Prüfungen mit 1 plus und Sternchen bestanden.

Wie gesagt, er gehört zu den Exemplaren, die niemals auf Reisen gehen wollen und sich nur wohlfühlen, wenn sie die Glocken des heimischen Kirchspiels gut hören können.

Aus reiner Neugier war er aber doch mal mit nach Seiffen in ein sogenanntes „Männelspezialgeschäft" gegangen.
Dort hatte er einen winzig kleinen Moment nicht aufgepasst, schon war er von Oma Astrid gepackt worden, zur Kasse verschleppt, eingepackt, „Darf es sonst noch etwas sein? Vielen Dank. Auf Wiedersehen und einen guten Weg!" Und schon war sein Schicksal besiegelt. Aurelius wurde sorgfältig verstaut, noch zweimal extra in Zeitungspapier gewickelt, zwischen der wollenen Mütze, dem extralangen Schal und den Pulswärmern sollte er die lange Reise unbeschadet überstehen. Aurelius wusste natürlich weder, wo es hingehen sollte, noch wie lange die Reise dauern würde. Er ärgerte

sich tüchtig, denn so ging das nicht! Als Engelchen, ob Bube oder Mädel, wurde man nicht ungefragt gepackt und mitgenommen. Wo kämen wir denn da hin! Es war guter alter Brauch, dass Engelchen selber entscheiden, wo es langgeht und bei wem sie so ihre Zeit verbringen. Die meisten Menschen hatten ja keinen blassen Schimmer. Aber es war eine Tatsache, dass die Engelchen sich ihr neues Zuhause und ihren Menschen aussuchten und nicht umgekehrt.

Wie die Engelchen das anstellen? Geschickt! So viel steht mal fest, alles andere ist ein Geheimnis. Man munkelt, dass die Weisheit diesbezüglich von Generation zu Generation weitergegeben wird. Wie gesagt, nichts Genaues weiß man nicht, man munkelt nur, und zwar Folgendes: Es geschieht in einem winzigen Augenblick, buchstäblich während eines Wimpernschlages. Um das zu verstehen, muss erst mal ein Missverständnis aufgeklärt werden. Die Menschen denken ja, ach, jetzt fahren wir mal nach Seiffen oder so, trinken einen heißen Punsch, essen eine Wurst, und dann suchen wir uns ein feines Männel aus, in einem „Männelspezialgeschäft", das wir dann nach Hause tragen, weil es unseres ist. Falsch! Irrtum! Diese sogenannten Geschäfte sind in Wahrheit Vermittlungsstationen. Die Männeln, die gerne einen Menschen hätten, treffen sich dort und halten Ausschau nach einem adoptionswürdigen Menschlein. Damit sie besser sehen können, sind dort extra Aussichtsplattformen in unterschiedlichen Höhen angebracht. Wer erst mal nur schauen will, was so im Angebot ist, stellt sich weiter nach unten, so ein Mensch ist ja eine Anschaffung fürs Leben, das will gut überlegt sein. Wer schon wild entschlossen ist, mehr so auf Augenhöhe. Kommt jetzt der passende Mensch vorbei, wird genau abgepasst, wann er die Ohren auf, die Augen aber zu hat. Also der Moment, wenn er blinzelt. Jetzt passiert es! Mit einem kaum vernehmbaren, aber unwiderstehlichen Gesang, sirenengleich, lenkt das Männel die Aufmerksamkeit auf sich. Wenn die Augen zu sind, schiebt es sich blitzschnell in Position, sodass der Mensch nur noch zugreifen kann. Das klappt fast immer! Bei Aurelius allerdings war es schief gegangen. Er hatte nicht aufgepasst und Oma Astrid war auch ein wenig schwerhörig. Also auf einem Ohr sogar fast taub, nämlich dem rechten, von ihr aus gesehen. Sie hörte nur mono, dafür aber so gut, dass sie sogar die Flöhe husten hören konnte.

Sie konnte ihr linkes Ohr nämlich spitzen wie eine Haselmaus und ein klein wenig drehen, in etwa so, wie es ein Boxer macht, ich meine den Hund, nicht den Faustkämpfer. Der hat ja oft Blumenkohlohren und zudem noch eine platte Nase, schief obendrein, was nicht schön ist, aber auch nicht hier hingehört. Allerdings hörte Oma Astrid nur, was sie hören wollte. Wenn sie etwas nicht interessierte oder aber langweilte, klappte sie ihr linkes Ohr einfach zu. Eine himmlische Ruhe!
Zum Ausgleich sah sie auf dem linken Auge fast gar nichts mehr, auf dem rechten aber wie ein Adler.

Lange Rede, kurzer Sinn: Sie hatte den Gesang nicht richtig geortet, sich auch noch verguckt und nach Aurelius gegriffen. Der wiederum hatte gerade mit der Nachbarin geschwätzt, welche wiederum gesungen hatte, weil sie gerne mit nach Schweden wollte. Anstatt in Windeseile zur Seite zu hopsen, blieb Aurelius einfach stehen und schwupp-, haste nicht gesehen, -diwupp, war es geschehen!

VIERZEHNTES KAPITEL

ALLER ANFANG IST SCHWER

Wie ich schon berichtete, war unser Engelchen nicht besonders warmherzig aufgenommen worden. Anni-Frid hatte sich bei Oma Astrid pflichtschuldig und mit einem gequälten Lächeln für das Geschenk bedankt. So wie man sich für einen Pullover unterm Weihnachtsbaum bedankt, wenn man sich eigentlich eine Carrerabahn gewünscht hat, zum Beispiel. Ihr wisst schon, was ich meine. Als allgemeine Lebensregel gilt: „Weiche Päckchen unterm Baum, viel Verdruss und Freude kaum!" Aber ich schweife ab.

Agnetha, die mit dem Spezialgesichtsausdruck, rollte noch zusätzlich mit den Augen und stöhnte qualvoll. Oma Astrid hatte das natürlich mitgeschnitten. Aber sie tat so, als wäre alles in bester Ordnung. „Jetzt suchen wir für das Engelchen noch einen schönen Platz, damit ich es immer bewundern kann, wenn ich zu Besuch komme", flötete sie, wohl wissend, dass sie die jungen Damen mit dieser Ankündigung nicht in Entzücken versetzte. Ungeachtet der Proteste setzte Oma Astrid unser Engelchen auf den Schrank in der Küche. Von dort aus hatte es einen sehr guten Überblick und war auch nicht zu übersehen.

Agnetha und Anni-Frid ignorierten das Engelchen auf dem Küchenschrank. Für sie war Aurelius Luft. Er war ihnen aber peinlich, wenn Besuch kam. Was sollten die Freunde denn denken? So ein kitschiges Engelchen! Sie trauten sich aber nicht, ihn wegzuräumen, es könnte ja jederzeit Oma Astrid auftauchen, und wenn er dann nicht auf seinem Platz stand ...

Das war für Aurelius natürlich alles sehr unschön. Gelinde gesagt. Schließlich war er ja gewohnt, dass er im Mittelpunkt ungeteilter Aufmerksamkeit stand, man ihn mit Kosenamen überschüttete. Goldkind und Goldlöckchen zum Beispiel. Oder aber Putzekuchen, weil er so putzig und süß wie Kuchen war. Oder aber Nerventod. So nannte ihn hin und wieder seine große Schwester Kathrinchen Zimtstern. Und glaubt mir, sie hatte ihre Gründe!

Wer Geschwister hat, der weiß, wovon die Rede ist. Bei aller Liebe.

Hier in Uppsala hätte er sich schon über eine kleine Beschimpfung gefreut, so einsam war es ihm auf seinem Küchenschrank. Langweilig auch. Es gab auch so gut wie keine Süßigkeiten. Es war die Hölle!

Anfänglich hatte er Hoffnung geschöpft, denn es kam doch recht häufig Besuch. Der setzte sich rund um den Küchentisch und blieb bis spät in die Nacht. Aurelius sang, was sein Stimmchen hergab, vielleicht würde ja einer der Gäste ihn hören und ihn vielleicht sogar mitnehmen. Denkste! Keine Regung. Die gesamte Gesellschaft hatte keine Ohren für unser Engelchen. Stattdessen wurde palavert und diskutiert, wie es ist, gesamtgesellschaftlich betrachtet, wie es sein sollte, so im Allgemeinen und im Besonderen, und was dringend getan werden müsste. Global gesehen und ganzheitlich. Dazu gab es meist Ravioli aus der Dose und Bier aus der Flasche. Zu vorgerückter Stunde wurden auch gerne Kräuterchen verdampft. „So ähnlich, wie es die Räuchermännchen machen, aber doch anders“, dachte Aurelius. Die Räuchermännchen hatten nämlich jeder ein eigenes Pfeifchen, hier aber ging eines reihum. Das war auch schon der Höhepunkt des Abends, danach ging es nur noch bergab. Aurelius wunderte sich, dass sich dieses Schauspiel mehrmals pro Woche, allerdings mit teilweise wechselnden Gästen, wiederholte. Anfänglich dachte er noch, irgendwann würde das Geplapper vom „man könnte, man sollte, man müsste“ verstummen und die Truppe würde zur Tat schreiten. Aber nichts dergleichen. Stattdessen stapelten sich die Raviolidosen und die Flaschen, bis in der Küche fast kein Durchkommen mehr war.

Alles in allem war das nichts für ein Männel aus dem Erzgebirge und zudem noch so langweilig, dass ein nächtlicher Besuch auf dem Marktplatz von Marienberg dagegen prickelnd und elektrisierend erschien.

So setzte unser Aurelius nun all seine Hoffnung auf Oma Astrid. Die kam regelmäßig am Samstag, um nach dem Rechten zu schauen, wie sie immer sagte, wenn sie in die Küche eintrat. Tatsächlich war die an ihrem Besuchstag stets aufgeräumt und blitzeblank gewienert. Anni-Frid und Agnetha hätten sich zu sehr geschämt, wenn Oma Astrid das Schlachtfeld der vergangenen Woche gesehen hätte. Außerdem befürchteten sie, dass Oma dann all die guten Speisen wieder mitnehmen würde. Denn wenigstens am Samstag und am Sonntag gab es etwas Ordentliches zu essen. Oma Astrid brachte Köttbullar, Kroppkakor, Ärtsoppa oder Blodpudding mit. Dazu gab es meist Kartoffelbrei und Preiselbeerkompott, selbst gesammelt und selbst gemacht, versteht sich. Selbst Agnetha setzte ein fröhliches Gesicht auf, wenn der Duft der warmen Fleischbällchen, der Speckklöße, der Erbsensuppe oder der Blutwurstgrütze aus dem Topf stieg und die etwas trostlose Bude der jungen Damen in ein wohnliches Heim verwandelte. Zumindest, wenn man die Augen schloss. „Es geht eben nichts über Svensk Husmanskost!“, rief Oma Astrid begeistert, wenn sie Anni-Frid und Agnetha, zufrieden über ihre Teller gebeugt, die letzte Gabel Kartoffelbrei gerade noch in sich hineinstopfend, sah.

Für unseren Aurelius waren all diese deftigen Speisen nichts, aber es kam ja noch ein Dessert. Und weil alle so pappsatt waren und nur noch ein klein wenig hineinging, mit Mühe und Not sowie etwas Überwindung, blieb immer noch etwas vom Kladdkaka übrig. „Fürs Frühstück!“, sagten die beiden wie aus einem Munde und der Pistole geschossen. Sie freuten sich, dass der nächste Tag gleich so wunderbar schokoladig beginnen würde. Doch daraus wurde nichts. Denn in der Nacht schwebte unser Engelchen vom Küchenschrank und machte sich über den Schokoladenkuchen her. Es mampfte und schmatzte, dass es eine schokofatzige Freude war.

Ihr könnt euch vorstellen, was am nächsten Morgen los war. Agnetha stand immer extra früh auf, um sich das größere Stück vom Kuchen zu sichern. Was musste sie feststellen? Weg, spurlos verschwunden. Aurelius hatte ganze Arbeit geleistet. Selbst das letzte Krümelchen hatte er vertilgt, den Teller abgeleckt, blitzeblank. Einzig sein Schokoladenmund hätte ihn verraten können, aber die Damen würdigten ihn ja keines Blickes. So nahm jeder Sonntag den gleichen unerfreulichen Verlauf. Agnetha stürmte in Anni-Frids Zimmer und stellte sie zur Rede: „Wieso hast du meinen Kladdkaka gegessen?“ Verschlafen murrte die: „Hab ich gar nicht“, drehte sich um und schlief einfach, ratzefatz, weiter.

Bis zum Mittagessen schwiegen die beiden sich nun ausdauernd und, man möchte fast sagen, laut, an. Ja, es gibt so Menschen, die können beredt schweigen, sie sagen nichts und doch hört man ihr Geningel. Im eigenen Kopf. Mit ihrer Stimme. Unschön.

Erst zur Mittagszeit klarte sich die Stimmung wieder auf. Dank der „Svensk Husmanskost“ von Oma Astrid. Denn die konnte nicht nur glücklich und zufrieden machen, sondern auch Frieden stiften. Tatsächlich! Zum Beweis erzählte sie gerne die Geschichte von ihrem alten Studienfreund Graf Johan Ochsenstirn zu Södermöhre.

Der aß für sein Leben gern ihren Blodpudding und bat sie eines Tages, ihm für eine Reise nach Münster in Westfalen – er sollte dort an einer schwierigen Verhandlung teilnehmen – eine schöne Portion als Proviant und Gruß aus der Heimat mitzugeben. Um es kurz zu machen: Der Blodpudding kam bei den Niederländern, Spaniern, Franzosen, den Trierern, Kölnern, Bambergern und wer alles sonst noch um den Tisch saß so gut an, dass diese ganz vergaßen, warum sie sich eigentlich gestritten hatten, und schiedlich, friedlich auseinandergingen.

Agnetha und Anni-Frid hatten die Geschichte schon so oft gehört, wie es Blodpudding gab, und jedes Mal hatten sie das Gefühl, dass an der Sache was faul war. Aber Oma Astrid lächelte nur und sagte: „Wer weiß, wer weiß.“ Vielleicht bekommt ihr ja heraus, was es mit dieser Geschichte auf sich hat.

FÜNFZEHNTES KAPITEL

AURELIUS REICHTS

Für unseren Aurelius war Schokoladenkuchen einmal die Woche einfach zu wenig. Deshalb und weil ihn niemand beachtete, denn auch Oma Astrid schaute ihn samstags zwar ab und zu verzückt an, das aber nur kurz, man könnte sagen flüchtig. Da war der oberniedliche Aurelius anderes gewöhnt. Ein Plan musste her. Er würde fliehen. Und zwar so, dass es nicht gleich auffiel. In den Nächten machte er sich ans Werk. Er bastelte sich still und heimlich einen Doppelgänger. Nicht aus Holz, nein, aus Brotteig. Er formte, so gut es ging, erst die Beine. Zwei Stück. Dann die Arme. Auch zwei. Das wird wahrscheinlich niemanden von euch überraschen. Aber Aurelius war ja noch sehr klein und konnte nicht richtig zählen. Mit einer Ausnahme. Wenn es um das Verteilen von Naschwerk ging, passte er auf wie ein Luchs und achtete sehr darauf, dass seine Schwester ja nicht zu viel abbekam. Den Körper formte er auch noch. Einen. Auch einen Kopf, und das Ganze setzte er dann zusammen und verstrich fein säuberlich die Übergänge. Dann noch ein Paar Flügel, für ein Engelchen ja nicht ganz unwichtig. Nach einigem Rumprobieren schnitt er sie schließlich aus einem Pappkarton.

Am Ende der ersten Nacht stand nun sein „Doppelgänger“ vor ihm. Ein bisschen schief und krumm, das linke Bein war etwas zu kurz, dafür war der Kopf nicht ganz rund und der rechte Arm zu lang. Eine ordentliche Plautze hatte er auch. Nicht dass sich jetzt jemand über den Aurelius lustig macht. So ein Engelchen zu machen ist gar nicht so einfach. Die werden ja nicht auf die herkömmliche Weise hergestellt. Also, ihr wisst schon. Mit Engelchenmann und Engelchenfrau und dem ganzen Zinnober mit anschließender Akrobatik. Nee, das könnte ja jeder und jede. Engelchen und all die anderen Männel werden von Hand in der Werkstatt gemacht. Eine richtige Kunst ist das. Deshalb heißt es auch Kunsthandwerk. Ich weiß ja nicht, ob ihr das wusstet. Jetzt wisst ihr es jedenfalls.

Der „Doppelgänger“ jedenfalls stand nun dort, wie Aurelius ihn geschaffen hatte. Nacksch. Pudelnacksch. Ein Putto, wie er im Petersdom unter der Decke baumeln könnte. Allerdings mit Glatze.

In der zweiten Nacht schneiderte Aurelius ihm ein Gewand aus Papiertaschentüchern. So etwas Nachthemdartiges. Das kaschierte wenigstens ein bisschen die unglückliche Figur.
Zum Schluss machte er sich an die Frisur. Nicht mit so schönen Flachshaaren, wie Aurelius sie hatte, nein, für die Haare schnitt er übrig gebliebene Ravioli in Form und klebte sie mit Geduld und Spucke an den Brotkopf. Das ganze Kerlchen sah nicht wirklich gut aus, aber wenn man nicht genau hinschaute, das Licht schummrig war und man keine Ahnung hatte, konnte man es fast für das original erzgebirgische Engelchen Aurelius halten. Aber auch nur fast.

Aurelius startete erst mal einen Probelauf. Er stellte seinen Doppelgänger, er hatte ihn in einer feierlichen Zeremonie Plagiarius getauft, am späten Nachmittag, die Damen waren noch nicht zu Hause, auf seinen Platz. Aurelius schwebte dann quer durch die Küche zur gegenüberliegenden Anrichte, öffnete die Müslidose und machte es sich in ihr gemütlich, so gut es eben ging. Den Deckel setzte er wieder auf die Dose und ließ nur einen kleinen Spalt offen, um herauslugen zu können.
Von seinem Versteck aus hatte er Türe, Küchentisch, Kühlschrank und Küchenschrank gut im Blick. Jetzt hieß es nur noch abwarten. Zum Zeitvertreib suchte er die Rosinen aus dem Müsli, um sie in seinem Mund verschwinden zu lassen. „Besser als nichts“, dachte er, „lieber eine Rosine im Mund als kein Spekulatius weit und breit.“
Endlich erschienen die Damen, im Schlepptau vier Gesellen, hungrig allesamt, durstig auch, in Vorfreude auf eine frugale Schmauserei nebst ausgiebigem Gelage. Die Ravioli waren schnell aus der Büchse befreit, die Kronkorken sprangen fast alleine von den Flaschen, es ging also munter los. Aurelius war einerseits erfreut, denn niemand bemerkte, dass an seiner statt Plagiarius auf dem Küchenschrank stand. Andererseits war er beleidigt. Denn niemand hatte auch nur einen flüchtigen Blick in Richtung Küchenschrank geworfen. Keiner hatte nach dem niedlichen Engelchen Aurelius

Spekulatius geschaut. Niemand hatte geseufzt: „Ach, wie süß!“ Nichts. Er, beziehungsweise sein Doppelgänger, war Luft für die gesamte Mannschaft. „Ignoranten!“, raunte Aurelius in seine Müslidose, „da wollen wir doch mal sehen, ob ihr wenigstens hören könnt!“ Er begann nun zu singen. Immer lauter. Nichts. Aber auch gar niemand schien ihn zu hören. Nur Anni-Frid drehte sich einvielleicht auch zweimal ganz kurz in seine Richtung. Aber erst, als aus seinem lieblichen Gesang schon Gebrüll geworden war. „SCHNEEFLÖCKCHEN, WEISSRÖCKCHEN, WANN KOMMST DU GESCHNEIT!“, röhrte er mit aller Kraft und hochrotem Kopf in den Raum.

Aurelius ärgerte sich so sehr, dass er am liebsten aus der Dose gesprungen wäre und das Gesindel an den Ohren gezogen hätte. Das tat er aber nicht. Das heißt, er kletterte schon aus der Dose und schwebte von hinten an einen der Banausen heran. Ganz dicht ans Ohr, und dann brüllte er, was seine Lungenflügel hergaben. Volles Rohr! „Engelchen an Blödian! Kannst du mich hören?“ Und was war? Nichts! Nun flog er von einem zum anderen, brüllte sowohl in das jeweils rechte und linke Ohr. Sicher ist sicher. Er krakelte wie ein Schiffsschaukelbremser nachts um zwölf auf der Betriebsweihnachtsfeier, feuerte Schimpfkanonaden ab, von denen auf der ganzen Welt niemand gedacht hätte, dass sie über die Lippen eines solch niedlichen Engelchens kommen könnten. Nichts. Keiner hörte ihn. Zum Schluss flog er zu Anni-Frid. Ihr säuselte er ganz liebreizend ins Öhrchen: „Anni-Fridelidelleinchen, hörst du mich?“ Nichts! Er wurde lauter und raspelte Süssholz: „Annilinchen-Fridelinchen, du bist meine Zuckerpuppe aus der Bauchtanztruppe! Hörst du mich?“ Tatsächlich, Anni-Frid hielt inne und drehte den Kopf zu ihm. Jetzt aber schnell. Im Sturzflug tauchte er unter den Tisch, außer Sichtweite. Derweil kratzte sich Anni-Frid mit dem Zeigefinger und ungläubigem Gesichtsausdruck im Ohr.
Aurelius blieb unter dem Tisch, bis Anni-Frid das Zimmer verließ, um sich die Nase zu pudern. Unser Engelchen wollte es nun wissen! Er flog direktemang auf den Tisch. Kaum gelandet, führte er einen Stepptanz auf wie einst Fred Astaire. Was soll ich euch sagen? Aurelius blieb vollkommen unbemerkt von der versammelten Abendgesellschaft! Aurelius ließ einen Schuhplattler mit Jauchzer

und Jodler folgen. Nichts! Gerne hätte er auch noch Ringelpietz mit Anfassen vorgetanzt, aber das ging alleine nicht so gut. Also schloss er mit einem Ausdruckstanz nach Gret Palucca seinen künstlerischen Beitrag zu der Soiree dieser Kretins ab.

Sie hatten weder Augen noch Ohren für unser Engelchen! Aurelius war beleidigt. Mit herausgestreckter Zunge marschierte er noch einmal quer über den Tisch und, ihr werdet es kaum glauben, ließ mächtig-gewaltig einen fahren! Dabei nutzte er den Rückstoß, um davonzudonnern wie ein Düsenflugzeug. In dem Moment kam Anni-Frid zurück aus dem gekachelten Salon. „Huch!", rief sie erschrocken, „eine Fliege!" Aurelius war jetzt noch beleidigter. Fast wie eine Leberwurst! Grob und fettig.

Anni-Frid schnupperte und wunderte sich. „Hier riechts ja, wie .., mmh, wie ...?" „Wir riechen nichts!", riefen die Banausen im Chor. „Doch, doch! Wie Weihnachten! Nach Spekulatius!" Die ganze Bande lachte Anni-Frid aus. „Du hast wohl Halluzinationen!" Anni-Frid fasste sich an die Nase, schüttelte den Kopf und dachte: „Komisch! Erst höre ich seltsame Stimmen und jetzt das." Aurelius kicherte derweil vergnügt vor sich hin. Tatsächlich war es nämlich so, dass Engelchen mit geringem Aufwand eine festliche Stimmung herbeizaubern konnten. Aurelius konnte, mir nichts, dir nichts, einen ganzen Raum mit wohlriechendem Spekulatiusduft parfümieren. Seine Schwester Kathrinchen konnte, ihr ahnt es schon, mühelos das Odeur von Zimtsternen hinausposaunen. Rückwärtig und selbstverständlich ganz damenhaft.

Auch dieser Abend fand wie gewöhnlich sein Ende, nicht ohne vorher den immer wiederkehrenden Verlauf genommen zu haben. Ihr erinnert euch. Man könnte, sollte und so weiter.

Aurelius sah sich nun erst mal in der Wohnung um. Da war aber nichts Spektakuläres für Herrn Spekulatius zu entdecken. Er hatte auf Tagebücher, in denen er heimlich schmökern könnte, versteckte Schätze, die er an sich reißen könnte, und dergleichen spekuliert. Aber nichts! Eine einzige Enttäuschung!

Zum Glück war der Samstag nicht weit, und Oma Astrid erschien pünktlich wie ein Maurer zur Mittagsmahlzeit. Aurelius wartete, bis alle Töpfe und Tiegel leergekratzt waren und die zufriedenen Esser ins Suppenkoma gefallen waren. Oma Astrid hatte schnell noch aufgewaschen und alles wieder in die Tasche gepackt, da schlich sich Aurelius auf Zehenspitzen heran und versteckte sich in einem der Töpfe. Er hatte seine kleine Engelchenschnute gestrichen voll. Er wollte nur noch weg. Erst mal raus aus der Bude und dann weitersehen. Das war auch schon sein ganzer Plan.
Irgendwie würde er sich dann schon nach Hause ins Erzgebirge, in das Haus von Professor Schlumann und an den Rockzipfel der guten Seele des Hauses, Rosalinde Veilchenduft, durchschlagen. Schließlich konnte er ja fliegen. Dabei hatte er sich das etwas zu einfach vorgestellt. Er war ja nur ein halbdaumesdicker Däumling, zwar mit zuschaltbarem Düsenantrieb, aber doch recht kleinen Flügelchen.
Zudem hatte er keine Vorstellung davon, wie weit es von Uppsala nach Olbernhau war. Weit! Insbesondere, wenn man sehr klein ist. Je kleiner man ist, umso weiter weg ist ja alles. Naturgesetz! Nehmen wir mal an, einer ist stoppelhopsergroß und der andere ist dreiviertellulatschlang, weil es einfacher zu rechnen ist. So! Wenn der Dreiviertellulatsch nun viermal hinfällt, also der Länge nach, platschpadauz, dann ist das ja nach Adam Ries genauso weit, als würde einer, der langelulatschlang ist, dreimal hinfallen. Versteht ihr? Um nun dieselbe Strecke als Stopelhopser zurückzulegen, muss man ja etwa, alle drei Daumen hoch und Pi mal Fensterkreuz, viermal so oft hinfallen wie der eine und dreimal so oft wie der andere, gesetzt den Fall ein Stoppelhopser ist ein Viertel von einem langen Lulatsch. Und das ist auch schon der Beweis! Einfach und logisch wie Geometrie und Algebra. Sag ich doch!

SECHZEHNTES KAPITEL

OMA ASTRID IST NE GANZ PATENTE FRAU

Wie dem auch sei, unser Engelchen saß nun in seinem Topf und man könnte denken, ja, was wird jetzt wohl kommen? Mit der Oma Astrid wird ja auch nicht viel los sein, außer Arthrose und Herzinsuffizienz, das Goldene Blatt und die Schwarzwaldklinik. Weit gefehlt! Schnallt euch an!

Oma Astrid war nämlich nicht mit einem Zwiebelporsche vorgefahren, sondern vor der Tür stand eine Moto Guzzi California. Feuerrot, zwei Zylinder, ausgeräumte Flüstertüten. Das Ding hatte Bums und machte Krach. Von wegen „Meine Oma fährt im Hühnerstall Motorrad", Oma Astrid ließ es richtig krachen, und zwar amtlich! Unserem Aurelius schlotterten die Knie. Er konnte zwar ein wenig Abwechslung gebrauchen, aber soooo abenteuerlich hatte er sich sein Leben mit Oma Astrid nun auch wieder nicht vorgestellt. Er hatte mehr an ausgedehnte Mittagsschläfchen mit anschließendem Kakaogelage nebst Keksverkostung gedacht. Pustekuchen! Die Töpfe waren schnell in den Packtaschen verstaut, Helm auf- und die Höllenmaschine in Gang gesetzt. Pröttpöttpöttpöttpöttpött! Aurelius schaffte es gerade noch, aus seinem Topf zu klettern und sich hinter Oma Astrid zu klemmen. Feste klammerte er sich an die Jacke seiner Chauffeuse. Und schon ging sie ab, die wilde Luzie! Ein Höllenritt! Einmal bekam er Wind unter seine Flügelchen und er flatterte, sich nur mit beiden Händen haltend, wie ein Wimpel an Oma Astrids Jacke. Aurelius dachte, sein letztes Stündlein habe geschlagen. Oma brauste durch die Stadt, ein Manöver waghalsiger als das andere.

Astrid hingegen, die das Motorradfahren ja schon lange beherrschte, dachte: „Ach, so eine kleine Ausfahrt ohne Hektik und Stress ist doch Entspannung pur!" Sie konnte bei dem Fahrtwind ja weder das Zähneklappern noch die Stoßgebete ihres Sozius hören. Aurelius schwor Stein und Bein,

dass er ein ganz liebes Engelchen sein werde, wenn er nur dieses Martyrium überlebe. Sogar seiner Schwester wolle er zukünftig ein ganz liebes Brüderchen sein, sofern er nur noch die Gelegenheit dazu bekäme.

Natürlich überlebte unser Held die Fahrt. Sonst wäre ja die Geschichte hier zu Ende. Ist sie aber nicht.
Aurelius schaffte es, wieder in seinen Topf zu klettern, und ließ sich von Oma Astrid in die Küche tragen. Dort angekommen, wartete er erst einmal ab, bis es ganz ruhig wurde. Dann noch ein Weilchen gewartet, zur Sicherheit, und schon machte er sich auf Entdeckungstour. Raus aus dem Topf, rauf auf den Küchentisch. Im Dunkeln war nicht viel zu sehen. Er erkannte die Umrisse des Herdes, des Küchenschrankes und den Türspalt, durch den ein schwaches Licht schien. Aurelius flog zu der Tür und versuchte, durch das Schlüsselloch zu schauen. Dafür flatterte er ganz schnell mit seinen Flügelchen, um exakt auf der richtigen Höhe zu fliegen. Wie ein Kolibri. Er konnte aber leider nichts sehen, denn in dem Schlüsselloch steckte von der anderen Seite ein Schlüssel. Dafür aber konnte er gut hören, das geht ja schließlich auch ohne Licht ganz famos.
Jenseits der Türe schien ein Ungeheuer auf ihn zu warten, denn es drangen furchterregende Geräusche an sein Ohr.

Aurelius war zwar nicht besonders mutig, aber sehr neugierig. Und die Neugierde überwog am Ende. Er machte sich kleinerfingerdünn, denn selbst daumendick kann manchmal zu dick sein, denkt man gar nicht, ist aber so, kommt eben ganz drauf an, und zwängte sich durch den Spalt unter der Türe hindurch. Und welches Ungeheuer wartete da schon sabbernd auf ihn? Sofort bereit und nur darauf aus, ihn mit einem Haps zu verschlingen? Ein Lindwurm? Ganz in Grün? Mit Flügeln und feuerspuckend? Bei Bedarf. Oder ein Vampir? Ganz gierig sich die Lippen nach Engelchenblut leckend? In schwarzem Cape mit so rot abgesetzten Paspeln? Die Haare fettig nach hinten gestriegelt? Womöglich auf den Namen Karl-Theodor hörend? Bleichgesichtig und insgesamt eine eher uner-

freuliche Erscheinung? Vielleicht auch ein vermaledeiter Höllenhund? Struppig, räudig und nach nassem Scheuerlappen riechend? Mit blutunterlaufenen Augen? Noch dazu elend schielend?
Aurelius war auf alles gefasst. Doch was er zu sehen bekam, überstieg seine kühnste Fantasie. Oma Astrid lag rücklings auf der Couch, ein schweres Buch auf der Brust, die Brille hing ihr nur noch halb auf der Nase und der Mund stand ihr weit offen. Aus demselben drangen all die fürchterlichen Geräusche. Oma Astrid schnarchte in allen Tonlagen, mal laut, mal sehr laut, fast schon ohrenbetäubend. Ein ganzes Camp kanadischer Holzfäller hätte nicht eindrücklicher schnorcheln können.
Aurelius war beruhigt und schaute sich erst mal in der guten Stube um.
Das war nach seinem Geschmack! Gut geheizt, gemütlich, und hier und da standen Schüsselchen und Schälchen mit Bonbons, Plätzchen, Pralinen und, es sei nur der Vollständigkeit halber erwähnt, Obst herum.
Jetzt gab es natürlich kein Halten mehr. Aurelius stopfte, kaute und schluckte alles, was er in die Finger bekam. Pralinen mit Marzipan, Vanillekipferl, Sahnebonbons, Nougat, Karamellbonbons, Trüffelpralines, Nussecken und so weiter und so fort. Es war eine richtige Fettlebe! Allein beim Obst verzichtete er in aller Bescheidenheit, denn schließlich, so sagte er sich, kann vornehme Zurückhaltung niemals schaden. Zudem er unbedingt den Eindruck vermeiden wollte, maßlos oder gar gefräßig zu sein. So begnügte er sich also mit allem, was zuckrig, schokoladig, cremig und fettig war und keine Vitamine hatte.

Nach dem frugalen Mahl sank er erschöpft und doppelsatt in das Paradekissen auf dem Ohrensessel und ratzte mit Oma Astrid um die Wette. Diese wachte zu ihrer üblichen Zeit in aller Herrgottsfrühe auf, die Uhr hatte noch nicht sechs geschlagen. Räusperte sich, streckte ihre Glieder und erblickte unseren Aurelius, wie er dort längslang hingestreckt den Schlaf der Gerechten schlief. „Nanu, was macht denn das Engelchen hier?“, entfuhr es ihr. Aurelius antwortete ihr im Halbschlaf: „Psssst! Ich muss noch schlafen.“ Oma Astrid hörte das zwar, traute aber ihren Ohren nicht. „Das Engelchen hat gesprochen? Ich träume wohl!“, dachte sie und zwickte sich in die Wange: „Aua!“ „Ruhe!“, rief

Aurelius. „Tschuldigung“, flüsterte Oma Astrid und verließ auf Zehenspitzen das Wohnzimmer, um sich in der Küche ein Schälchen heißen Muckefuck aufzubrühen. Dort saß sie nun am Küchentisch, nahm hin und wieder ein Schlückchen und schaute dann und wann durch die Küchentüre auf das schlafende Engelchen. Ganz wohl war ihr nicht in ihrer Haut. Vielleicht war sie ja verrückt geworden, also gaga, sprich meschugge. Oder aber das Engelchen wollte sie abholen. Mit ihr hoch in den Himmel fahren. Gott bewahre! Den ganzen Tag würde sie dann auf einer Wolke sitzen müssen und jubilieren und lobpreisen. Hosianna! Vielen Dank auch.
Den Gedanken verwarf sie aber wieder, da hätte sie es doch für wahrscheinlicher gehalten, wenn ein Teufelchen mit ihr in die Hölle führe. Dort stellte sie es sich gemütlich warm vor und mit dem Beelzebub und seinen Unterteufeln würde sie schon zurechtkommen. Denn so ein gefallener Engel ist auch nur ein Mensch, dachte Oma Astrid, und dem Deibel würde sie schon die Flötentöne beibringen. Da hatte sie keine Angst, und eine bessere Beschäftigung, als auf einer Wolke sitzend eine Ewigkeit und drei Tage lang Benedictus hier und Benedictum dort zu säuseln, würde sie in der Un-

terwelt sicher finden. Wenn die dort schon gut geheizte Öfen und ordentliche Feuerstellen haben, man hörte derlei, dann wird der Fürst der Finsternis doch auch über Töpfe und Tiegel verfügen, auf dass man ordentlich backen, braten und sautieren kann. Der Leibhaftige wird wohl auch ein Messerchen sein eigen nennen und sich nicht zu blöd anstellen, wenn es ans Gemüseputzen geht. Für kleine Hilfestellungen, Hol- und Bringdienste wird Mephistopheles doch einzuspannen sein. Oma Astrid verlor sich ein wenig in der Vorstellung, wie sie die ganze Höllenbrut an die Arbeit bekäme, und vergaß darüber ganz den schlafenden Aurelius. Sie sah sich schon den störrischen Luzifer an den Ohren durch die Küche und dem Satan die Bocksbeine lang ziehen. Auch führte sie in Gedanken schon erste Gespräche mit dem Klempner und dem Fliesenleger, denn schließlich braucht eine ordentliche Küche fließend Wasser und einen sauberen Fliesenspiegel. Der Hygiene wegen, Hölle hin oder her, ob es dem Düvel passt oder nicht!

Aurelius war mittlerweile aufgewacht und auf den Küchentisch geflogen. Er betrachtete die in Gedanken versunkene Oma und dachte so bei sich: „Wenn man in der Fremde ist und niemanden kennt und keiner einen mag, dann ist so eine Oma mit Rockzipfel, an den man sich hängen kann, ein großes Glück und das Beste, was einem passieren kann. Das Allerbeste!“
Das also dachte er, er sagte aber in seiner feinsten Stimmlage und mit einem klein bisschen Lispelei, der Niedlichkeit halber: „Ich will eine heiße Schokolade, weil ich sonst unterzuckere.“ Oma Astrid, ihr werdet es nicht glauben, stand sofort auf, alle Teufel waren vergessen, die Verwunderung über das sprechende Engelchen auch, und machte sich an der heißen Schokolade zu schaffen.

Was soll ich euch sagen, die beiden hatten sich gefunden. Die Oma kochte und Aurelius aß. Nach den Mahlzeiten wurde ausgiebig geschlafen und im Duett die schönsten Arien geschnorchelt. Ab und an eine rasante Fahrt mit dem Motorrad unternommen. Man könnte sagen, die beiden hatten ein Bratkartoffelverhältnis, allerdings ohne Bratkartoffeln und ohne Verhältnis. Weder Setzei noch Gesülze trübte ihr Glück.

SIEBZEHNTES KAPITEL

WENN ES AM SCHÖNSTEN IST ...

Wie dem auch sei, es war eine Pracht und es blieben keine Wünsche offen. Fast keine! Ihr ahnt es schon, die Weihnachtszeit kam heran, und unserem Engelchen wurde es ganz anders ums Herz. Heimweh!

Natürlich ließ Aurelius sich erst mal nichts anmerken und sang unterm Tannenbaum, was sein Stimmchen hergab. Alles in allem gefiel ihm die schwedische Weihnacht, denn schließlich gab es Geschenke und Spezereien. Insbesondere mochte es den Brauch, Milchbrei vor die Tür zu stellen, damit die Kobolde Tomte, Tomtebisse und Nisse auch reichlich Weihnachtsgeschenke bringen. Die sind nämlich in Schweden dafür zuständig. Nicht der Weihnachtsmann. Das gefiel Aurelius so gut, dass er überlegte, ob er bei den Dreien nicht einsteigen sollte. Des Milchbreis wegen einserseits, und auch der schicken roten Klamotten wegen, nicht zuletzt wegen der kecken Zipfelmütze. Andererseits war es natürlich viel Arbeit, die ganzen Pakete durchs große Schweden zu kutschieren. Klar Milchbrei satt, aber der kommt einem bestimmt auch irgendwann aus den Ohren raus. Nee, dachte Aurelius, Schuster bleib bei deinen Leisten, Engelchen sein hat Vorteile, die pure Niedlichkeit ist bei Weitem nicht so anstrengend.

Nach dem Weihnachtsfest folgt auch in Schweden Silvester, dann schmilzt auch irgendwann mal der Schnee und der Frühling meldet sich zaghaft. Das Jahr nahm also seinen Lauf, und eines Tages war es so weit, Aurelius eröffnete Oma Astrid seinen Herzenswunsch, im Sommer zur Weihnachtsfeier ins Erzgebirge zu reisen. „Ach du liebes Lottchen!“, rief sie, „das kommt mir aber ungelegen!“

Oma Astrid hatte nämlich Aurelius nicht nur lieb, sondern mit ihm auch noch was vor. Sie wollte ihn unbedingt noch mit ihrer Enkelin Anni-Frid zusammenbringen. Freundschaftlich versteht sich, als Schwiegerenkel fiel der kleine Kerl ja aus, Hochzeiten zwischen Engeln und jungen Damen waren auch in Schweden eher ungewöhnlich.

Oma Astrid wollte Anni-Frid noch eine Lektion fürs Leben zuteil werden lassen und hatte auch schon einen Plan. Aurelius sollte wieder in den ungastlichen Haushalt eingeschleust werden und dann, wie auch immer er es anzustellen vermochte, das Herz der Enkelin berühren, auf dass sie das Engelchen zu hören und zu sehen vermochte. Denn es gibt mehr zwischen Himmel und Erde, sagte Oma Astrid, als es sich die Schulweisheit träumen lässt! Aurelius war nur mittelprächtig begeistert und hatte auch keine Idee, wie ihm dies Kunststück gelingen sollte. Eher, so sagte er, würde er einer Kuh das Walzertanzen, einem Ochsen das Kopfrechnen oder aber einem Nussknacker das Räuchern und einem Räuchermännchen das Nüsseknacken beibringen können. Oma Astrid war da nicht so pessimistisch. Denn wie der Zufall es wollte, war Anni-Frid gerade bis über beide Ohren verschossen, also verliebt, Schmetterlinge im Bauch und so weiter, und zwar in einen Knaben von gutem Wuchs, schöner Gestalt, mit wallendem Haar, glutvollen Augen und einer römischen Nase. Ein Traum einerseits, ein Taugenichts andererseits. So viel war schon mal klar, für Oma Astrid jedenfalls. Der Adonis machte nämlich nicht nur Anni-Frid schöne Augen, nein, auch Agnetha wurde von ihm angeschmachtet. Und zwar volle Breitseite, haste nicht gesehen! Die ganze Sache lief auf ein Unglück hinaus, und das wollte Oma Astrid abwenden. Sie hatte schon versucht, mit Anni-Frid zu sprechen. Vergebens! Die Liebeskasperei war schon so weit fortgeschritten, dass das Kind mit Blindheit geschlagen war und zusätzlich, zu allem Überfluss, noch eine rosarote Brille auf der Nase sitzen hatte. Hoffnungslos!

Aber da kam Aurelius ins Spiel! Der sollte nämlich als Liebesbote Amor quasi, der mit dem Flitzebogen, ihr wisst schon, und den Pfeilen, nur umgekehrt, ein ernstes Wörtchen an Anni-Frid richten und ihr die Augen öffnen. Das Liebesdrama also nicht einleiten, sondern, bevor es sich zu einem Unglück auswuchs, beenden. Unser Engelchen willigte schließlich ein, denn wenn Anni-Frid unglücklich ist, dann ist auch Oma Astrid unglücklich, und wenn Oma Astrid unglücklich ist, könnte das verheerende Auswirkungen auf die allgemeine Versorgungssituation haben. Im Speziellen was heiße Schokolade, Pudding, Kuchen und ähnliche Grundnahrungsmittel betrifft. Nicht auszudenken. Aurelius schritt also zur Tat. Besser gesagt, er schwebte. Und zwar in Anni-Frids Zimmer. Oma Astrid hatte ihn bei einem ihrer Besuche unauffällig gegen Plagiarius ausgetauscht. Unser Engelchen postierte sich auf dem Nachttisch und wartete, bis sich Anni-Frid zu Bett begab und das Licht löschte. Als sie gerade so beim Einschlafen war, also noch ein bisschen wach, aber schon ein wenig weggeduselt, begann er mit seinem Vortrag:

„Anni-Frid, Folgendes solltest du wissen, und zwar im Allgemeinen und im Speziellen. Ich sag nur, Glutauge!
Die Liebe ist ein seltsames Spiel! Sie kommt und geht von einem zum andern. Sie nimmt uns alles, doch sie gibt uns auch viel. Unverständlicherweise willst du keine Schokolade, sondern lieber einen Mann. Einen, den man küssen und um den Finger wickeln kann. Am liebsten wär dir so ne Art Cowboy. Dabei kommts dir gar nicht auf das Schießen an. Denn du weißt, dass so ein Cowboy küssen kann.

So weit, so gut! Doch du musst auch wissen, die Männer sind alle Verbrecher. Ein Jüngling trifft dich irgendwo und brennt wie Stroh, es ist immer so. Dann kommt er mit irgend 'nem Firlefanz, und du freust dich wie ne dumme Gans. Kaum bist du eine Woche sein, hast du schon was zu verzeihen. Du musst wissen, die Männer sind alle Verbrecher, ihr Herz ist ein finsteres Loch, hat tausend verschiedene Gemächer. Das Männchen legt sich eins, zwei, drei ein Liebchen bei. Vielleicht auch zwei. Trinkt Sekt im Separee, du trinkst zu Hause Tee. Und fährst du nicht mal tüchtig drein, bildet er sich ein, es muss so sein. Und kommst du mal in Wut, sagt er: Sei wieder gut. So wirst du immer wieder schwach und denkst, es kommt ja doch nichts Besseres nach.

Doch auch für dich wird ein Schiff kommen, und das bringt dir den einen. Den du so liebst wie keinen, und der dich glücklich macht. Ein Schiff wird kommen und deinen Traum erfüllen und deine Sehnsucht stillen.
Bis dahin denk daran, Liebeskummer lohnt sich nicht, schade um die Tränen in der Nacht. Liebeskummer lohnt sich nicht, weil schon morgen dein Herz darüber lacht."

So, was denkt ihr wohl, was nun passiert ist? Anni-Frid hat sich umgehend eines Besseren besonnen? Hat unserem Aurelius gedankt und dem Aushilfscasanova die Leviten gelesen? So hatte ich mir das gedacht, es ist aber nicht so gekommen! Am Arsch ein Trötchen! Im Gegenteil! Beschimpft hat sie den Überbringer der unwillkommenen Botschaft. Angeschnauzt hat sie unser Engelchen. So in Rage war sie, dass sie ganz vergaß, sich darüber zu wundern, dass dort ein winziges Engelchen auf ihrem Nachttisch stand und ihr einen seltsamen Vortrag über die Liebe hielt. Gepackt hat sie ihn und ist mit ihm schnurstracks in Agnethas Zimmer gestürmt. Hat ihn dieser wenige Zentimeter vor die Augen gehalten und gerufen: „Sag das noch mal, du hässlicher kleiner Zwunsch!"

Agnetha wachte erst auf und dann schlief ihr sofort das Gesicht ein. Erst schaute sie auf Aurelius, dann auf Anni-Frid. In ihrem Kopf stellte sich die Frage, wer was noch einmal sagen sollte und vor allem wer mit „hässlicher kleiner Zwunsch" gemeint war. Eine Antwort blieb aus.
Als es ihr zu dämmern begann, dass ja nur sie gemeint sein konnte, wollte sie sich gerade mächtig gewaltig aufregen, da sprach unser Aurelius:
„Drum prüfe, wer sich ewig bindet. Ob sich das Herz zum Herzen findet. Der Wahn ist kurz, die Reu ist lang."
Unser Engelchen hatte in dieser doch unangenehmen, um nicht zu sagen bedrohlichen Situation Zuflucht bei den Klassikern gesucht. Verständlich, wer hätte dies nicht getan. Agnetha war nun, gelinde gesagt, baff. Total geplättet. Perplex. Vollkommen von den Socken. Sprechende Engelchen aus

Holz hatte sie bisher nicht auf dem Schirm gehabt. „Alter!“, hauchte sie. „Das ist ja voll krass.“ Das fiel Anni-Frid nun auch auf. „Übelst!“, stimmte sie zu.
Da die beiden nun erst mal schwiegen, nutzte Aurelius die Gelegenheit und stellte sich vor.

Was soll ich euch sagen, unser Engelchen eroberte die Herzen der Damen im Sturm. Bald schon waren sie die dicksten Freunde, von dem Glutauge war gar keine Rede mehr. Aber wie es manchmal so ist, kaum hat man sich gefunden, heißt es auch schon wieder Abschied nehmen. Es kam der Tag, als Oma Astrid, Agnetha und Anni-Frid mit ihren Taschentüchern winkend und ein bis zwei Tränchen in den Augen, pro Person versteht sich, dem Dampfer hinterherschauten, der Aurelius nach einer Ostseerundreise gen Hamburg bringen sollte. Von da aus wollte er dann weiter ins Erzgebirge, um im Sommer Weihnachten zu feiern. Wie wir schon wissen, kam es aber erst mal anders.

ACHTZEHNTES KAPITEL

AHOI UND GLÜCK AUF!

Aurelius hatte sich als blinder Passagier auf eines der Schiffe geschlichen. Zur Sicherheit hatte er einen Bart angeklebt und war in Ölzeug gekleidet. Das war die Idee von Oma Astrid. „Wenn du doch entdeckt wirst, sagst du einfach, du bist der Maschinist!“ Ein fast perfekter Plan, wie wir noch sehen werden. Unser Aurelius wurde nämlich entdeckt, und zwar schon recht bald. Er hatte es sich in der Kombüse gemütlich gemacht, denn dort war es warm und es gab auch immer genug zu spachteln. Dummerweise wurde er vom Smutje entdeckt. Der hatte nämlich das Schmatzen gehört, und weil er zwar Ohren wie ein Luchs, aber Tomaten auf den Augen hatte, hat er unser Engelchen, man muss sich das mal vorstellen, mit einer Kakerlake verwechselt. Eine Unverschämtheit! Wie auch immer, der Smutje nahm direkt die ganze Keksdose, in der Aurelius gerade so gemütlich saß, und warf sie samt dem Engelchen in den Abfalleimer. Das war ganz schön widerlich! Als er endlich gut gekaut und runtergeschluckt hatte, denn mit vollem Mund spricht man nicht, rief Aurelius: „Ich bin der Maschinist!“ Zu spät, der Deckel war schon zugeklappt, und trotz seiner guten Ohren hörte der Smutje ihn nicht mehr. Selbst wenn, hätte er den Abfalleimer sicher nicht noch mal aufgemacht. Was ist denn von einer Kakerlake zu halten, die ruft „Ich bin der Maschinist!“? Abstand! Schon aus Selbstschutz.

So hatte sich Aurelius seine Passage nach Hamburg natürlich nicht vorgestellt. Wenigstens war die Keksdose gut gefüllt und der Deckel war auch noch da. So gelang es ihm, den Umständen entsprechend, sich darin häuslich einzurichten. „Raum ist in der kleinsten Hütte“, dachte er, tapfer die Fischköpfe und Kotelettknochen ignorierend, die immer wieder auf seine Keksdose prasselten.

Im nächsten Hafen wurde er in seiner Dose, mitsamt dem restlichen Müll, entsorgt. So kam es, dass er seine Reise in einem Müllwagen fortsetzte. Was durchaus eine halbe Weltreise hätte werden können, denn Müll kommt heutzutage ganz schön rum. Das dauerte unserem Engelchen aber alles zu lange, so kämpfte er sich durch den ganzen Unrat, bis er endlich ans Licht und an die frische Luft kam. Auf der Plattform des Müllwagens schaute er sich erst mal um. Jede Menge Landschaft, sonst nichts. „Bevor ich noch weiter weg vom Hafen komme, wer weiß wohin, steig ich lieber hier aus", dachte er, hopste hoch und ließ den Müllwagen unter sich wegfahren. Da stand er nun auf der Landstraße und sah den Lastwagen, ihr erinnert euch, in dem der Zauberer und der Hase erschöpft vor sich hin ratzten. Aurelius flog um den Lastwagen herum, in der Hoffnung, ein geschütztes Plätzchen für die Nacht zu finden. Dabei entdeckte er den Zauberer und den Hasen und war außer sich

vor Freude. Denn er erkannte trotz der Verkleidung sofort einen Landsmann. Ihr könnt euch ja vorstellen, was für ein Hallo es gab, nachdem auch der General mitbekommen hatte, dass mitten in Russland ein erzgebirgisches Engelchen wie wild an das Autofenster klopfte, um die beiden Schlafmützen aufzuwecken. Sofort erkannt wurde Aurelius aber nicht. Erst wurde er für einen Landstreicher gehalten mit seinem zotteligen Bart, und ganz sauber war er natürlich auch nicht. Der Eindruck wurde auch nicht besser, als das strenge Odeur die Nasen erreichte. Schließlich entledigte Aurelius sich des Bartes und rief: „Ich bin ein Engelchen!"

Kurz und gut, man hatte sich nun erkannt und vorgestellt: Gestatten, Aurelius. Glück Auf! Sehr angenehm! Mein Name ist Hase. Die Freude ist ganz meinerseits. Melde gehorsamst, General zu Gragenknopp-Hembsermel! Rührt euch! Anschließend befand man, dass die Welt doch klein und ein Dorf sei, und welch Zufall, dass man sich hier treffe, in den Weiten Russlands, wo man sich doch in Seiffen bisher nicht über den Weg gelaufen sei. Des Weiteren erkundigte man sich nach der Verwandtschaft und Bekanntschaft, um die gerade entstehende Freundschaft mit ein wenig Substanz und Historie anzureichern. Bald schon stellte sich heraus, dass die Großcousine von der Frau Mama des Generals eine geborene Stimmgabel war und mit dem Vetter mütterlicherseits einen gemeinsamen Onkel hatte, den Grimmbart, Arthur. Oder so ähnlich. Jedenfalls stellte man daraufhin eine gewisse Familienähnlichkeit fest: „Ach, daher die laufende Nase und die fliehende Stirn, ich dacht es mir doch gleich, die kennst du."

Der Hase stand derweil daneben und verstand kein Wort. Fast. Denn die beiden sprachen natürlich in ihrer „Muttrsproch Arzgebirgisch" miteinander. Für alle, die das Erzgebirgische jetzt nicht so im Ohr haben, eine kleine Auffrischung: „Wo de Hos'n Hus'n has'n und de Hus'n Hos'n sei, do sei mir drham." Na, habt ihr das verstanden?

NEUNZEHNTES KAPITEL

GEMEINSAM DES WEGES

Zurück zu unserer Geschichte. Natürlich wollte der General nun wissen, woher und wohin des Weges, und Aurelius war auch neugierig. Als sie sich gegenseitig ihre Abenteuer erzählt hatten, natürlich auf die schmeichelhafteste Art und Weise und mit entsprechenden Ausschmückungen, beschloss man, den Rest der Reise gemeinsam anzugehen. Da man nicht genau wusste, wo man war, Aurelius aber von einem Hafen schnurstracks hierher gekommen war, der Hase ein Seebär und der General zwar wasserscheu, aber einigermaßen unerschrocken war, fassten die drei einen Plan. Zurück zum Hafen und ein Schiff geentert. So kam es auch. In St. Petersburg angekommen, lieh sich der Hase Frack, Zylinder und Stock von unserem General und machte sich aus dem Staub. „So wird es gehen, ich muss schließlich was hermachen. Wartet hier und lasst euch nicht von Fremden ein X für ein U vormachen! Am besten ihr tut ganz unauffällig und bleibt im Verborgenen."

Sie taten, wie ihnen geheißen war, und warteten vom späten Nachmittag bis in die frühen Morgenstunden. Endlich erschien der Hase. Ziemlich zerzaust, den Zylinder keck über ein Ohr geschoben, hinter dem andern steckte eine Möhre. In bester Stimmung begann er sofort zu renommieren: „So, ihr Landratten, wie stehts, wie gehts? Habt ihr wohl geruht? Ich habe heute Nacht keine Mühen gescheut und meiner alten Freundin Nadeschda einen Besuch abgestattet." Es folgte ein vielsagendes Schweigen und ein noch vielsagenderes Augenzwinkern. „Knick, knack, ihr wisst schon, in jedem Hafen eine Braut!" Dabei machte er ein paar Tangoschritte. „Und sie tanzen einen Tango ... in der nächtlichen Taverne ... dunkle Gestalten, rote Laterne."
Unsere beiden Erzgebirger schauten sich verblüfft an. Was doch in dem Hasen alles steckte. Pirat, Seebär, Schlawiner und wer weiß was noch alles. „Ich habe ...", fuhr dieser fort, „weder Kosten noch

Mühen gescheut und uns ein Schiff, die ‚Baunty', klargemacht!" Dabei nahm er den Zylinder, zielte ganz genau, und in hohem Bogen landete dieser auf dem Kopf des Generals. Er selbst setzte sich eine weiße Kapitänsmütze auf, mit Kokarde, Anker in Gold und allem drum und dran. Er pellte sich aus dem Frack und warf sich behände einen Kapitänsmantel, in dunklem Blau mit goldenen Streifen am Ärmel und ebensolchen Knöpfen, über. Hier und da war noch ein Sternchen auf dem Gewand. General zu Gragenknopp-Hembsermel stand schon mal stramm und grüßte zackig. „Herr Admiral, es ist uns eine Ehre!" „Nichts für ungut, ihr Landratten, alles hört auf mein Kommando. Abmarsch!", antwortete Admiral Hase nicht weniger zackig, drehte sich auf seiner Hasenpfote um und schritt voran. Der General marschierte freudig erregt hinterher, dabei umständlich seinen Frack überstreifend. „Ein Lied, drei vier!", rief der Hase und stimmte auch gleich an:

„Wir lieben die Stürme, die brausenden Wogen,
der eiskalten Winde raues Gesicht.
Wir sind schon der Meere so viele gezogen,
und dennoch sank uns're Fahne nicht."
„Heijo, heijo, heijo, heijo, heijoho, heijo, heijoho, heijo!"

Aurelius schlurfte kopfschüttelnd hinterdrein. Eiskalte Winde und brausende Wogen waren nicht nach seinem Geschmack.
Eine seltsame Gesellschaft war das!

„Wir treiben die Beute mit fliegenden Segeln,
wir jagen sie weit auf das endlose Meer.
Wir stürzen auf Deck, und wir kämpfen wie Löwen,
hei, unser der Sieg, viel Feinde, viel Ehr!
Heijo, heijo, heijo, heijo, heijoho, heijo, heijoho, heijo!"

Das wird ja immer toller, dachte unser Engelchen. Sich wie Raubkatzen aufführen! Da würde er sich aber ein Plätzchen unter Deck, am liebsten in der Kombüse, sichern und wie eine Miezekatze hinterm Ofen warten, bis der Sturm sich legte. Wer unbedingt will, kann ja nach Herzenslust auf Deck rumstürzen.

„Ja, wir sind Piraten und fahren zu Meere,
wir fürchten nicht Tod und den Teufel dazu,
wir lachen der Feinde und aller Gefahren,
am Grunde des Meeres erst finden wir Ruh.
Heijo, heijo, heijo, heijo, heijoho, heijo, heijoho, heijo!"

Bei Tod und Teufel wurde es Aurelius dann doch bange ums Herz. Bisher hatte er das Gesabbel von Seebär und Piraterie nicht ernst genommnen. Aber jetzt fürchtete er das Schlimmste.

Lange Zeit sich Sorgen zu machen hatte er aber nicht. Die Truppe war schon bald an ihrem Ziel angekommen. Da standen sie vor der „Baunty" und staunten nicht schlecht. Das war ein Dreimaster wie aus dem Bilderbuch! Groß und ehrfurchtgebietend, schaukelte sie gemächlich am Kai, um hin und wieder ein Knarren oder ein Ächzen hören zu lassen.
„An Bord!", befahl der Hase und stapfte die Gangway hinauf, um sich, auf der Kommandobrücke angekommen, in die Brust zu legen: „Alle Mann auf Manöverstation! Klar zum Manöver!" Die Matrosen waren einigermaßen verwundert, dass ihr neuer Kapitän ein Hase war, andererseits waren sie Kummer und auch Skorbut gewohnt, solange die Heuer stimmte, was soll's? Der Hase ließ keine Unklarheiten aufkommen, wer hier das Sagen hatte: „Anker lichten! Wir legen ab und stechen in See!" Selbstbewusst schaute er in die Runde, fasste den Leutnant ins Auge und befahl: „Berechnen Sie den Kurs nach Hamburg", an den Steuermann gewandt: „Übernehmen Sie das Weitere."
Nun bedeutete er seinen Begleitern, ihm in die Kapitänskajüte zu folgen. Dort fläzte er sich auf das schwere Ledersofa und seufzte: „Endlich wieder daheim!" Unser Engelchen und unser General wie aus einem Mund: „Wie? Daheim?" „Na, auf See!", erwiderte der Hase. Die drei ließen es sich nun erst mal so richtig gut gehen. Dem Smutje wurde befohlen, das Beste aufzutragen, was die Kombüse

zu bieten habe. Ab und an schritt der Hase an Deck, schnauzte jemanden an oder gab Befehle wie „Klar Schiff machen!“ oder „Segel setzen!“, gerne auch „Volle Möhre voraus!“ Oft von einem unwirschen „aber dalli!“ gefolgt.

Einmal fragte ihn Aurelius, ob es denn nottue, dass er immer so rumbrülle, niemals Bitte oder Danke sage, kein gutes Wort erübrigen könne. Der Hase schaute ihn ganz entgeistert an. „Mach mal deine Lauscher auf, du Grünschnabel! Das gehört so, weil es schon immer so war. Verstehste, Freund Kiekindiewelt?“ Dann sah er zu dem General. „Ist doch so?“ Der General lächelte ein wenig gequält. In der berittenen Erzgebirgsmarine herrschte ein anderer Ton. Zwar nicht ausgesprochen freundlich, aber die ewige Rumbrüllerei des Hasen konnte man sich dort als General nicht leisten. Dann stellten die Nussknackersoldaten nämlich auf stur. Eine der herausragenden erzgebirgischen Charaktereigenschaften. Sagen tat er aber nichts, der General. Noch so eine herausragende Eigenschaft. Wenn wir schon mal dabei sind: der Erzgebirger ist auch zamnamsch, also zusammennehmerich, mit anderen Worten sparsam. Manche sprechen auch von geizig. Was natürlich eine Verleumdung ist. Er tut sich auch schwer mit Fremden, der Erzgebirger im Allgemeinen. Besser gesagt, mit Fremden, die nicht von hier sind. Also mit Fremden, die er hätte schon kennengelernt haben können, weil sie jemanden kennen, den er auch kennt, oder aber, noch besser, bis dato unbekannte Verwandtschaft, egal um wie viele Ecken, mit denen hat er nicht so große Probleme. Erst mal. Aber welche, die so ganz aus der Fremde kommen, sozusagen aus der Ferne, sagen wir mal, die es aus Oberwiesenthal nach Annaberg verschlagen hat, da fremdelt er, der Erzgebirger.

Wie dem auch sei. Jeder Jeck ist anders.

Dem General war nicht wohl bei der Sache und er begann, hier und da zu erwähnen, dass er Zauberer sei, auf dem Weg nach Karlsbad. Wer weiß, wofür es gut ist, dachte er, aber schaden kann es nicht.

ZWANZIGSTES KAPITEL

ES WIRD UNGEMÜTLICH

Als ob es Aurelius geahnt hätte. Bald schon hatte die Mannschaft die Faxen dicke. Der rüde Umgangston des Hasen stand ihnen bis Oberkante Unterlippe. Tja, und was geschieht in so einem Fall auf einem ordentlichen Schiff? Genau! Meuterei. Und zwar vom Feinsten. Nacht der langen Messer. So auch auf der „Baunty". Der Hase war natürlich erstens entsetzt und zweitens vollkommen überrascht. Wer hätte so was ahnen können. Die Sache ging ganz flott vonstatten. Der Leutnant betrat, begleitet von ein paar finster dreinblickenden und zu allem entschlossenen Muskelprotzen, unaufgefordert die Kapitänskajüte. Der Hase wollte gerade lospoltern, was ihm denn einfiele und so weiter, da hatte ihn der Leutnant schon am Schlafittchen gepackt. Der General war starr vor Schreck. Aurelius hatte es vorgezogen, unter dessen Zylinder zu schlüpfen. Der General starrte auf den Hasen, beziehungsweise auf das Stummelschwänzchen, welches wie wild rotierte, eine kleine Pause einlegte und schon wieder kreiselte. Mal länger und mal kürzer.

Dem General fiel es wie Schuppen von den Augen. Der Hase morste mit seinem Stummelschwänzchen! Kurz Kurz Kurz Lang Lang Lang Kurz Kurz Kurz. SOS! Save our Souls! Und weiter: „Mach was!"

Der General täuschte einen Hustenanfall vor.

Hust Husthust Husthust Hust Husthust Hust Hust Hust
W A S

Du bist doch Zauberer, morste der Hase zurück.

Ach, ja, dachte der Generalzauberer. Genau! Mein Trick und so weiter. Er griff nach seinem Zauberstab und rief: „Leutnant, haltet ein oder ich kann für nichts garantieren!" Nun gab ein Wort das andere. Der Leutnant ließ sich von dem General gleich gar nichts sagen, wo er doch gerade so schön in Fahrt war und die ganze Meuterei eben erst angefangen hatte. Einer der Muskelprotze, der muskelprotzigste von allen, räusperte sich nun. Er beugte sich nach vorne und flüsterte dem Leutnant etwas ins Ohr. Dieser schüttelte heftig mit dem Kopf. Schaute auf den General. „Ihr sollt ein Zauberer sein?" „Sag ich doch die ganze Zeit!", gab dieser trotzig zur Antwort. „Beweise!" „Nichts leichter als das!" Das sagte sich so leicht, aber was nun tun? „Ihr müsst wissen, ich bin auf dem Weg nach Karlsbad zur Kur." „Beweise!", rief der Leutnant. „Zur Kur, weil ich zwar noch alles kurz und klein zaubern kann, erinnere mich aber auf Teufel komm raus nicht mehr an die Zaubersprüche, die alles wieder heile machen. Ich selbst bin der lebende Beweis, ich war einst ein stattlicher Mann und kein Dreikäsehoch wie heute. Verflixt und zugenäht." „Beweise!", der Leutnant war unbeeindruckt, denn als Seefahrer kannte er sich mit Seemannsgarn aus und ließ sich nicht ohne Weiteres einen Seebären aufbinden. Jetzt war guter Rat teuer, denn unser General war mit seinem Latein am Ende. Da kratzte ihn Aurelius, der unterm Zylinder alles mitgehört hatte, an der Fontanelle. „Hut ab und Simsalabim", flüsterte er dem General zu. Der nahm den Zylinder in seine linke Hand, und mit der rechten ließ er den Zauberstab kreisen. Dabei blickte er den Leutnant warnend an. „Ihr habt es so gewollt. Ich habe Euch gewarnt."

„Papperlapapp!", entgegnete dieser. „Kommt in die Puschen. Wir haben die Planke zum Kielholen schon bereitgelegt. Die Haie haben schon ihre Schlabberlätzchen um."

„Ich hätte gar nicht gedacht, dass es Haie in der Ostsee gibt. Feuerquallen schon, ja, ja. Aber Haie. Hätte ich jetzt nicht gedacht."

„Ihr werdet sie schon kennenlernen. Persönlich. Nun aber los, wir essen zeitig!"

Der General sprach nun, so tapfer es eben ging, seinen Zauberspruch.

„Simsalabim Bamba Saladu Saladim."

Es passierte nichts. Er hätte auch nicht gewusst, was hätte passieren sollen. Also nochmal:

„Simsalabim Bamba Saladu Saladim."

Nichts. Der Leutnant schien die Geduld zu verlieren. Endlich stieg Aurelius aus dem Zylinder empor.

Er hatte sich sein Haar ordentlich zerstrubbelt, damit er wild aussah. Vorne hatte er sich links und rechts zwei Hörnchen gedreht, der Gefährlichkeit halber. So parat gemacht, flog er direktemang auf den Leutnant zu. Der hatte Mund und Nase offen stehen. Die Muskelprotze zitterten. Kurz vor dem Gesicht des Leutnants, etwas über Nasenhöhe, schwebte Aurelius einen Moment auf der Stelle, lang genug um dem Leutnant grimmig in die Augen zu sehen. Die Muskelprotze zitterten und nahmen sich bei der Hand. Aurelius drehte sich auf der Stelle, beugte den Oberkörper nach vorne und raffte sein Gewand nach oben. Er entblößte ...

Leute! Hier mal eine Durchsage: Ich berichte hier genau, wie es war, dichte nichts hinzu, lasse aber auch nichts weg. Wollte ich nur mal anmerken.

Also, weiter im Text, er entblößte sein Kaffeeböhnchen, ihr wisst schon, hinten, und brachte sich in Position. Nun streckte er vorne die Zunge raus und ließ sie zwischen den Lippen flattern, hinten ließ er einen fahren. Donner und Doria! Voll auf die Zwölf. Der Leutnant rang nach Atem und lockerte seinen Griff, sodass der Hase sich entwinden konnte. Die Luft roch nach Pech und Schwefel. Die Muskelprotze zitterten, hielten Händchen und hatten Tröpfchen in der Hose. Aurelius flog nun zurück zum General und landete auf dem Zylinder. „Darf ich euch meinen Herrn und Gebieter vorstellen: der Zauberer Houdini. Der große Houdini!“ Unser General nickte huldvoll, nur ganz knapp, der Würde wegen und damit Aurelius dort oben nicht ins Wanken geriet. Dieser nahm jetzt Haltung an: „Meine Wenigkeit, ihr habt es schon geahnt, ich bin es, der gefallene Engel, Herrscher über die Armee der Finsternis, der Leibhaftige und so weiter. Ihr könnt kurz Luzifer zu mir sagen. Für Freunde Luzi.“ Den Muskelprotzen reichte es jetzt. Sie flüchteten Hals über Kopf mit ordentlich Panik in den Augen.
Der General ergriff nun das Wort: „So, Luziferchen, jetzt wollen wir mal nicht allzu vertraulich werden. Herr Leutnant, ich denke, Sie haben Ihren Beweis bekommen. Sie sehen, es ist mir gelungen, den Teufel in meinen Dienst zu stellen. Durch pure Magie! Haben Sie noch Fragen?“

Er hatte keine mehr und wurde mit dem Auftrag entlassen, die Männer zu beruhigen und eine geordnete Passage nach Hamburg zu gewährleisten. Ansonsten sehe man sich gezwungen, andere Saiten aufzuziehen. Simsalabim und so, er wüsste schon, beziehungsweise könne es sich ja vorstellen. Der Leutnant gelobte Gehorsam, schwor auf seine Mutter und alles, was ihm wert und teuer sei. Der Rest der Reise verlief unspektakulär, man könnte sagen, wie am Schnürchen. Die Mannschaft war eilfertig, dienstbeflissen und stets bemüht, alle Aufgaben zur vollsten Zufriedenheit auszuführen. Auch das Verhalten zu Vorgesetzten war stets vorbildlich. Was will man mehr?

EINUNDZWANZIGSTES KAPITEL

HAMBURG, MEINE PERLE!

Im Hamburger Hafen angekommen, gab es prompt, wer hätte es gedacht, eine Überraschung und eine unerwartete Wendung. Im Hafen wimmelte es nur so von Segelschiffen, Dampfern, Schleppern, Feuerwehr- und Zollbooten. Es gab wohl was zu feiern, und die Gäste kamen von weit her. Zum Glück fand sich noch ein Liegeplatz für die „Baunty“, und unsere Reisegruppe machte sich für den Landgang fein. Da eröffnete ihnen der Hase, dass er sie nun verlasse. Die Pflicht rufe, die See ebenfalls, Frauen und Kinder nicht minder, in jedem Hafen, an jedem Steg werde nach ihm verlangt. Ein einziges Gebrüll und Geningel sei dies, dem er sich beim besten Willen nicht entziehen könne. Er habe hier aber noch etwas, nämlich ein kleines Bündel Bares. Einige Tausend Rubel und auch ein paar Kopeken. Der Generalzauberer wurde stutzig. War das nicht ein Teil seiner Reisekasse? Er sagte aber nichts, sondern machte sich seinen Reim auf die Sache. Da hatte wohl der Hase seine Geldbündel ausgetauscht und die Schabracke war samt Komplizen mit wertlosen Papierschnipseln abgezogen. Der General wusste nicht, ob er sich mehr über den Coup des Hasen freuen sollte oder darüber ärgern, dass er von seinem doch beträchtlichen Vermögen nur so wenig zurückbekam.
Eins stand fest, der Hase war ein Schlitzohr, wie er im Buche stand. Ein Filou und Erzschelm, ein Schlingel und dergleichen.

Aurelius und der General verabschiedeten sich herzlich und fanden sich schon bald mitten im Getümmel wieder. Wie nun weiter? Zwar hatten sie jetzt ein wenig Geld, aber es musste sich erst mal ein ehrbarer Kaufmann in Hamburg finden, der bereit war, sich von einem Nussknacker und einem Engelchen Rubel andrehen zu lassen. Die beiden schlenderten ziellos durch die Stadt. Es kam, wie es kommen musste, es wurde dunkel und es galt ein warmes Plätzchen für die Nacht zu finden.

Sagen wir mal so, unsere beiden Helden waren noch nicht verzweifelt, aber auch nicht mehr so ganz zuversichtlich. Irgendwo würde man schon Unterschlupf finden. Sich in eine der Kaschemmen hineinzuschleichen und dort auf den Morgen zu warten, wäre, wenn gar nichts anders ginge, besser als auf der Straße zu übernachten. Dies gerade beratschlagend, wurden sie jäh unterbrochen:
„Das gibt es doch gar nicht! Kinners, was macht ihr denn hier?“

Hinter ihnen stand ein Nachtwächter. Mit Hellebarde in der Linken, Laterne in der Rechten und einer Pfeife im Mund.
„Ihr seid doch nicht von hier weg?“
„Du aber auch nicht“, antwortete Aurelius. Er hatte doch sofort den erzgebirgischen Räuchermann erkannt.
„Das ist schon gar nicht mehr wahr. Moin, Moin, erst mal. Ich darf mich vorstellen, Fredi Kwin der Dreiviertelzwölfte, Nachtwächter en gros et en détail.“ Nun hätte eigentlich die unter erzgebirgischen Männeln übliche Vorstellungszeremonie, woher, wohin, wer bekannt, mit wem verwandt und so weiter, folgen müssen. Fredi Kwin war da aber recht einsilbig. Er könne sich gar nicht mehr erinnern, alles olle Kamelle, aber keinesfalls Bonschen von gestern. Und überhaupt, was die Herren denn jetzt so vorhätten, interessiere ihn viel mehr. Die Herren berichteten. „Ja, da hab ich was für euch. Wir hier in Hamburg, wir haben ein Herz für gestrandete Seeleute und auch für Schnarchzapfen wie euch.“ „Ich darf doch bitten!“, forderte der General. Ein wenig mehr Respekt erwarte er schon von einem einfachen Nachtwächter. Das ließ dieser so nicht stehen: „Ihr könnt, Euer hochwohlgeborene Merkwürden, mit Verlaub, Knicks, Diener und allem Pipapo, Lametta und Trallala sowieso, gerne auf der Straße nächtigen. Gehabt Euch wohl!“ „Wartet!“, rief Aurelius. „Wir würden gerne die berühmte Hamburger Gastfreundschaft in Anspruch nehmen.“ Der General nickte unwillig, aber heftig. Eine Nacht im Freien oder aber in einer der Spelunken hier im Nachtjackenviertel schien ihm doch nicht sonderlich erstrebenswert. Wer weiß, was ihnen alles zustoßen könnte. Nichts fürchtete ein erzgebirgisches Männel so wie den Ofen, den Kamin, also generell das offene Feuer. Hier in der Stadt war der General sich nicht sicher, ob alle bei Sinnen und mit Augen ausgestattet waren, um ein feines erzgebirgisches Männel von einem groben, unbehauenen Scheit Feuerholz unterscheiden zu können. Fredi Kwin ließ sich umstimmen. „Na, dann folgt mir.“

Die drei legten einen ganz schönen Fußmarsch zurück, bitte bedenkt die kleinen Beine, bis sie schließlich an ihrem Ziel angekommen waren. „Deutsche Levante-Linie“ prangte dort an einer eindrucks-

vollen Backsteinfassade. „Genussvolle abwechslungsreiche Seereisen nach dem Mittelmeer und Orient“ stand darunter. Der General las laut vor: „Lissabon, Algier, Tunis, Malta, Athen, Smyrna und Konstantinopel.“ Er schüttelte den Kopf: „Von Olbernhau steht da nichts, eine Kreuzfahrt über die Flöha scheint nicht im Angebot zu sein.“ „Wartet es nur ab, erst mal gilt es ja ein Quartier für die Nacht zu finden“, antwortete Fredi Kwin. „Genau! Warm, kuschelig und mit Kakao und Keks.“ Aurelius hatte da genaue Vorstellungen. Der Nachtwächter führte die beiden an einer bescheidenen Herberge vorbei: „Da hab ich für euch etwas Besseres!“, hin zu einer kleinen, aber sehr feinen Propstei. Fredi Kwin klingelte, und es dauerte nicht lange, da öffnete ein Herr mit weißem Haar und weißem Bart die Türe. „Der Oberpropst höchstpersönlich“, raunte der Nachtwächter. „Ich dachte, es sei der Weihnachtsmann“, gab Aurelius zurück. Herr Oberpropst überhörte das, denn er kannte sich mit vorlauten Engelchen aus: „Moin, Moin. Kommt rein, aber leise, die anderen schlafen schon.“
Ihr müsst wissen, dieses gastliche Haus diente den erzgebirgischen Männeln als Tor in die Welt. Wer also einem Klönschnack nicht abgeneigt, auf der Suche nach einem Nordlicht fürs Leben und schietwetterfest war, für den war das hier der richtige Ort. Prompt erschien auch schon Frau Oberpröpstin mit dampfenden Gläsern: „Nun wärmt euch erst mal ordentlich auf.“ Der General ließ sich nicht zweimal bitten und nahm einen kräftigen Schluck. „Verdammt noch mal, was ist das? Damit kann man ja die ganze berittene Erzgebirgsmarine ins Koma schicken!“ Aurelius fand das unhöflich und versuchte die Situation zu retten: „Ich hätte zu gerne das Rezept. Wäre das vielleicht möglich?“, flötete er. „Na klar, ganz einfach ...“, sagte Frau Oberpröpstin, „ ... Rum muss, Zucker darf, Wasser kann, und schon hast du einen steifen Grog, mein Engelchen.“ Mit den letzten Worten kniff sie unserem Aurelius in die Wangen und schmatzte ihm einen Luftkuss entgegen. Aurelius wurde rot, weil es ihm gefiel und er sich deswegen ein wenig schämte. Das ist seltsam, aber so war es.

ZWEIUNDZWANZIGSTES KAPITEL

EINE MITFAHRGELEGENHEIT DER LUFTIGEN ART

Wie dem auch sei, bald schon kam die Sprache auf das Wohin und Woher. Wie der Zufall es wollte, ergab sich gerade morgen in der Herrgottsfrüh eine Gelegenheit, in Richtung Erzgebirge zu gelangen. Der Pflaumentoffel aus Dresden und der Pulsnitzer Pfefferkuchenmann betrieben außerhalb der Weihnachtszeit ein Fuhrgeschäft mit Personenbeförderung und Postzustellung. Morgen würden sie vertrauliche diplomatische Depeschen nach Prag bringen. Da gab es die Möglichkeit zuzusteigen. Die beiden waren keine Gewöhnlichen, deshalb reiste man mit ihnen entsprechend ungewöhnlich. „Ihr werdet schon sehen", sagte Herr Oberpropst und schickte alle Mann in die Betten. Bis auf den Nachtwächter, versteht sich, denn der hatte ja gerade zu nachtschlafender Zeit am meisten zu tun. So machte sich Fredi Kwin der Dreiviertelzwölfte also auf seine Runde und unsere Helden begaben sich in Morpheus Arme. Bald schon wurden sie diesen entrissen, es ging los, in flotter Fahrt raus nach Fuhlsbüttel. Das Engelchen staunte nicht schlecht, und den General schüttelte es vor Nervosität und böser Vorahnung. Der Wagen hatte vor einem Heißluftballon angehalten, an dem sich der Pflaumentoffel und der Pfefferkuchenmann eifrig zu schaffen machten. „Moin, Moin ...", rief Herr Oberpropst, „... ich hab noch zwei Passagiere mitgebracht." Der Pfefferkuchenmann drehte sich behände auf dem Absatz um, zog seinen Hut: „Nur hinein, wenn's keine Schneider sind!" Der Pflaumentoffel musterte die neuen Fahrgäste und wünschte ein knappes „Glück ab!" Das ist nämlich, müsst ihr wissen, der Ballonfahrergruß. Der General wusste es nicht und fühlte sich veralbert. Warum? Weil im Erzgebirge „Glück auf!" der übliche Gruß zu jeder Tageszeit ist. Schon wollte er sich echauffieren und den „ungebührlichen Rotzlöffel" zurechtweisen, doch Aurelius kam ihm zuvor: „Glück ab und gut Land!" Als Flieger, dank seiner Flügelchen und aus eigener Kraft, kannte er sich in solchen Dingen natürlich aus. „Ein schöner Ballon", sagte er noch. „Mit Pyramidenantrieb und

Sternengetriebe zum besseren Navigieren! Fast schon ein Luftschiff, würde ich sagen", setzte der Pflaumentoffel mit gespielter Bescheidenheit, aber stolzgeschwellter Pflaumenbrust, hinzu. Man wurde sich handelseinig, erstand zwei Fahrkarten erster Klasse nach „Professor Schlumann sein Zuhause", nebst Verpflegung und mit weitem Blick und Wind um die Nase inklusive.
Herr Oberpropst verabschiedete sich, nicht ohne Grüße an das Erzgebirge aufzutragen, und brauste von dannen.

Über das Flugfeld brauste der Wind, und zwar aus Nordnordwest, wie gewünscht und vorhergesagt, denn das Erzgebirge liegt Südsüdost. Von Hamburg aus gesehen, versteht sich. Und da Ballonfahrer auf den Wind angewiesen sind, waren alle froh über die steife Brise. Deshalb galt es nun keine Zeit zu verlieren, der Brenner fauchte. Rein in den Korb und schon hob sich der Ballon anmutig in den Himmel.

Aurelius gefiel die Reise ausnehmend gut. Das kann man von unserem General zu Gragenknopp-Hembsermel nicht sagen. Er war nicht schwindelfrei und hatte zu allem Überfluss auch noch Höhenangst. Wortkarg kauerte er im Korb, die Schultern hängend und den Kopf in den Händen bergend. Von der erstklassigen Verpflegung nahm er grummelnd Abstand und hoffte inständig, die abenteuerliche Fahrt zu überleben. Für Angst hätte es aber gar keinen Grund gegeben, der Pflaumentoffel war ein erstklassiger Kapitän, der Pfefferkuchenmann ein hervorragender Steuermann. Immer wenn der Wind nicht in die gewünschte Richtung blies, ließen die beiden den Ballon auf- oder absteigen. Denn der Wind bläst in unterschiedlichen Höhen aus unterschiedlichen Richtungen. Zudem hatten sie ja noch den Pyramidenantrieb, und mit dem konnten sie so ein wenig lenken. Was soll ich euch sagen? Auf dieser Reise geschah nichts besonders Aufregendes. Versteht mich nicht falsch, eine Fahrt in einem Heißluftballon ist für sich alleine genommen ja schon aufregend genug. Aber häufig, ihr wisst schon, ist ja bei so einer Luftreise mit dem Schlimmsten zu rechnen, so in etwa:

Der Ballon sinkt unaufhörlich, weil die Fracht zu schwer ist. Alles, was nicht niet- und nagelfest ist, wird über Bord geworfen. Der Ballon gewinnt trotzdem nicht an Höhe, es droht eine Kollision mit einem Berg. Die Passagiere entledigen sich ihrer Kleidung. Nützt auch nichts. Sinkflug. Ein Gewitter zieht auf. Donnergrollen und Blitzgewitter. Peitschender Regen. Zu guter Letzt muss ein Passagier über Bord. Nur wer? Der Älteste? Der Jüngste? Der Dickste? Der Doofste? Aber dann, Rettung in letzter Minute, die Sonne bricht durch die Wolken, erwärmt die Luft in dem Ballon, es wird noch ein Bleibatzen gefunden, was ein Glück, nichts wie raus damit! Der Ballon steigt und der Korb kommt gerade so über den Berggipfel. Nicht, ohne ihn noch zu streifen. Das ist nochmal gut gegangen.
Aber davon nichts. Der Ballon glitt ruhig und friedlich durch das Luftmeer seinem Ziel entgegen.

DREIUNDZWANZIGSTES KAPITEL

GUT GELANDET HEISST NOCH NICHT GUT ANGEKOMMEN

Im Erzgebirge angekommen, legte der Pfefferkuchenmann eine butterweiche Landung hin. Nicht direkt neben des Professors Haus. Das wollte der Pflaumentoffel nicht, des Aufsehens wegen, denn sie hatten ja die vertraulichen diplomatischen Depeschen dabei, und da war jede Aufmerksamkeit schlecht fürs Geschäft. „Spione und so", erklärte der Pfefferkuchenmann, nicht ohne ein wichtiges Gesicht aufgesetzt zu haben. Der General nickte, so gut es ging. Er war sehr mitgenommen. Man landete also auf einer Lichtung im Wald, direkt neben einem Mundloch. „So ...", sagte der Pflaumentoffel, „... hier gehts rein ins Bergwerk. Da hab ich noch eine Karte für euch. Da findet ihr alles darauf und da ...", er zeichnete ein rotes Kreuz auf den Lageplan, „... müsst ihr hin. Da ist der Keller von Professor Schlumann!" Der Pfefferkuchenmann überreichte dem General noch eine Grubenlampe, sprang zu dem Pflaumentoffel in den Korb, und schon schwebten die beiden von dannen. Winkend versteht sich, alles andere wäre unhöflich gewesen.

Im Stollen stolperte der General und fiel fast der Länge nach hin. Mithilfe der tranfunzeligen Grubenlampe konnte er die Gleise ausmachen, die ihm im Weg waren. Kurz darauf standen unsere Reisenden vor einer Lore. Da der General noch nicht ganz auf dem Damm war, schlug er vor, ein Stück des Weges zu fahren. Mindestens bis zu der Kreuzung, wo es dann links zum Schlumann'schen Keller ging. Gesagt, getan. Rein in die Lore, Bremsen los, und schon ging es voran. Erst nur gemächlich, im Schritttempo, bald schon wie im Laufschritt, schließlich galoppmäßig, und zwar gestreckt! Die Lore polterte, quietschte und ächzte, je flotter die Fahrt voranging. Der General klammerte sich an die Brüstung, Aurelius an den General. Dieser kniff fest die Augen zu, in der Überzeugung, so könne nichts passieren. Aurelius juchzte und jubelte. Er war solche Geschwindig-

keiten schließlich von Oma Astrids Motorradtouren gewöhnt. Jäh fand die wilde Fahrt ein Ende. Auf den Gleisen lag ein mächtiger Eichenbalken, welcher die Lore zum Überschlag brachte. Das Grubenlicht donnerte gegen die Stollendecke und verlosch. Der General und Aurelius hatten mehr Glück. Sie konnten sich in der Lore halten und plumpsten mit der ganzen Fuhre ins Wasser. Ein unterirdischer See! Die Lore ging unter, die Karte verschwand auf Nimmerwiedersehen, der General schwamm oben. Aurelius natürlich auch. Sind ja beide aus Holz. Ein Glück im Unglück! In der Finsternis war es schwer, sich zu orientieren, aber die beiden erreichten schließlich das rettende Ufer. „Unheimlich", flüsterte der General. „Dunkel wie im Bärenarsch, aber nicht so warm", befand Aurelius. „Wo du schon überall warst", wunderte sich der General. Aurelius wollte sich dazu nicht äußern. Der General begann nun mit den Zähnen zu klappern. Als Nussknacker hatte er, versteht sich von selbst, gesunde und kräftige Beißerchen, die beim Klappern ordentlich Radau machten. Da er in einem Rhythmus klapperte, dachte sich Aurelius, kann ich dazu ja direkt was pfeifen. Denn Pfeifen im Stollen macht ebenso Mut und vertreibt die Angst wie Pfeifen im Walde. Das war zwar noch kein Plan, aber besser als nichts. Zumindest in Anbetracht der Umstände.

Wie es der Zufall wollte, ging über dem Stollen Arthur Grimmbart mit seinem Schäfchen Gassi. Zum einen, weil ihm Bewegung gut tat, und zum anderen, weil sonst das Schäfchen in die Wohnung machte. Den Grimmbart, Arthur kennt ihr doch? Der wohnt auch bei Professor Schlumann und bei Rosalinde Veilchenduft. Ein ganz ein feiner Räuchermann. Hilfsbereit, ehrlich, arbeitsam. Kurzum, beim Arthur geht das Pfeifchen so schnell nicht aus.
Das Klappern und Pfeifen konnte man dort oben eigentlich ganz gut hören, denn es war ein Luftschacht in der Nähe. Leider war Arthur Grimmbart nicht mehr ganz gut bei Ohr, sodass er nichts mitbekam. Das Schäfchen hörte die Melodie zwar, dachte sich aber nichts dabei. Ein Schaf eben. So gingen die beiden wieder ihres Weges und damit auch die Chance auf Rettung. Bedauerlich.
Wie traurig wäre es, würde unsere Geschichte jetzt zu Ende sein. Stellt euch nur mal vor, unsere beiden müssten bis zum Sankt-Nimmerleins-Tag in dem Stollen bleiben und würden langsam,

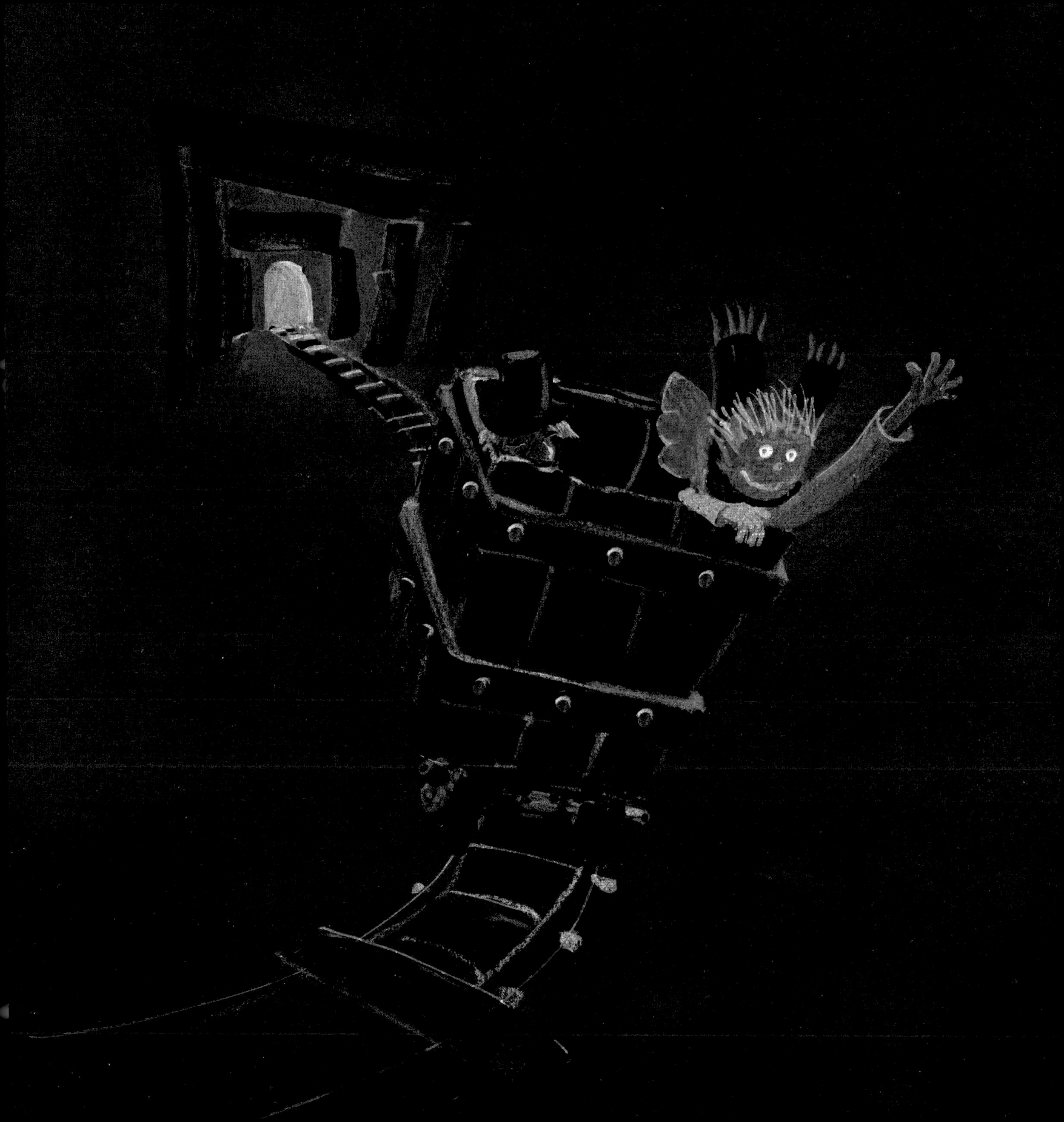

aber sicher wurmstichig werden. Das ist doch nicht schön! Die ganzen Strapazen der Reise, die Abenteuer, alles hätten sie gemeistert, nur um kurz vor dem Schlumann'schen Keller in so einem blöden Stollen zu verrotten.

Beruhigt euch wieder, trocknet eure Tränen, packt die Schnupftücher wieder ein und bestellt den Trauerkaffee wieder ab. Rettung naht! Und zwar in Gestalt des Trolls Rabatzel. Ein schuhkartonkleiner Geselle mit einem, sagen wir, exzentrischen Geschmack. Er trug zu einem zerfledderten Umhang aus Mäusefellchen eine zerbeulte Hose mit Mottenlöchern. Das ganze Ensemble in einem dezenten Grau gehalten. Seinen Strubbelkopf krönte ein dreizackiger Hut, den wiederum eine bunte Feder schmückte. Sein schwarzer Bart war aufwändig ungepflegt, auf seinem Riesenriechkolben thronte eine Warze, mit der er zum Hexentreffen auf dem Brocken einen Sonderpreis gewonnen hätte. Solltet ihr es nicht wissen, in Trollkreisen war Rabatzel ein Trendsetter, kleidungstechnisch. Zudem galt er regelrecht als eine Augenweide. Nun ja, Schönheit liegt ja bekanntlich im Auge des Betrachters und unter den Blinden ist der Einäugige König, entsprechende Hühner finden auch mal ein Korn. Ihr wisst schon, was ich meine.

Bevor unsere verlorenen Seelen den Troll sahen, hörten sie ihn schon. „Du Bleedmann!", schallte es durch den Stollen, „Ormlechtr, aane vrwinkn werd ich dr!" Der General tastete im Dunkeln nach Aurelius' Hand. „Der will uns verkloppen, nichts wie weg." Doch es war schon zu spät, des Trolls Laterne warf einen Riesenschatten des doch nur schuhkartongroßen Kerlchens an die Stollenwand. Unsere beiden ließen alle Hoffnung fahren, erstarrten zu Salzsäulen und dachten, ihr letztes Stündchen habe geschlagen. Der Troll nun wieder: „S'gladdschd glei, aber keen Beifall!" Zitternd lagen sich die zukünftigen Opfer des Unholds in den Armen. Der Troll kam näher: „Nappsilz, Dunsel, Windbeitl, Spergusch ..." und sah im Schein seiner Lampe die beiden in inniger Umarmung auf dem Boden liegend, „... Plinzendiegel!" Rabatzel stutzte und staunte nicht schlecht ob des Anblicks: „Tschuldigung, ich wollte ... ähem ... nicht Ihr ... ähh ... Tête-à-Tête stören." Der General löste sich aus der Umarmung, sprang auf, klopfte sich den Staub aus dem Wams: „Es ist nicht, wonach es aussieht!" Aurelius verstand nicht so recht, pflichtete aber bei: „Keinesfalls! Niemals nicht!"

„Ich darf mich vorstellen, Rabatzel, Geschäftsführer aus Jontunheimen, bin zu einer Fortbildung im Erzgebirge. Wetterführung und Höhlenausbau."
Der General stellte sich auch vor, ebenso Aurelius: „Wir sind auf dem Weg zu Professor Schlumann."
Der Troll kratzte sich an seiner Warze: „Der Professor Schlumann? Der berühmte Forscher, Gelehrte und Weltreisende?" „Genau der!", riefen der General und das Engelchen erfreut im Chor, voller Hoffnung, der Troll könne sie zu ihm bringen. „Wie klein die Welt doch ist. Bei Herrn Professor und bei der guten Rosalinde Veilchenduft habe ich Logis genommen. Ganz feine Leute!"

Die drei machten sich umgehend auf den Weg. Vorsichtig fragte Aurelius aber nach, was es denn mit dem ganzen Geschimpfe auf sich gehabt hätte. Zur Sicherheit. „Ich hab Vokabeln gelernt. Morgen ist Prüfung in ‚Sächsisch und erzgebirgisch Fluchen für Uhiesige'", antwortete Rabatzel. Wozu er denn die ganzen Schimpfwörter lerne, wollte Aurelius wissen. Weil man nie wüsste, wann man sie mal braucht, und da sei es besser, man kann als man könnte, beschied ihn der Troll. Seltsam, dachte der General, aber da er sich nicht mit Trollen auskannte, frug er nicht weiter nach. Jedem Tierchen sein Pläsierchen.

VIERUNDZWANZIGSTES KAPITEL

DAS FEST

Im Hause Schlumann waren die Vorbereitungen für das hochsommerliche Weihnachtsfest so gut wie abgeschlossen. Allein die Ehrengäste fehlten noch. Die Gastgeber hatten aber Wind davon bekommen, dass Aurelius und der General zu Graggenknopp-Hembsermel bald eintreffen würden. Woher sie das wussten? Keine Ahnung, aber in einem Weihnachtsdorf im Erzgebirge, da bleibt nichts lange ein Geheimnis und Neuigkeiten machen schneller die Runde, als man gucken kann.

Nun waren alle auf dem Dachboden versammelt. Gabrielchen Stimmgabel und Laura Lindenholz hatten ein wohlklingendes Weihnachtsliederpotpourri einstudiert, General von Beißer eine schneidige Rede vorbereitet, Johan Knatterburg ein Gedicht auswendig gelernt und Arthur Grimbart sein Schäfchen ins Trockene gebracht und festlich frisiert. Weihnachten konnte also kommen! Nur Kathrinchen Zimtstern, das Engelchen mit den Flachshaarzöpfen, hatte es nicht auf dem Dachboden gehalten. Sie lief die Stiegen hinab in den Keller, öffnete die Geheimtür zum Stollen und pardauzte ihrem Brüderchen Aurelius direktemang in die Arme. Eine Freude! Tränen. Jauchzen. Frohlocken. Noch mehr Freude. Dann wurde der General abgebusselt, bis dem ganz schwindelig war. Zu guter Letzt bekam auch noch der trollige Rabatzel einen fetten Schmatz. Worauf könnt ihr euch ja denken.

Von oben waren nun schon die Weihnachtslieder zu hören. Der Weihnachtsbaum war aufs Feinste angeputzt. Rote Kugeln, Lametta satt und echte Kerzen, mehr kann man nicht wollen. Auf dem Tisch dampften die Schüsseln. Ihr könnt euch ja das große Hallo vorstellen, als unser General zu Gragenknopp-Hembsermel und unser Aurelius den Dachboden betraten. Es gab kein Halten mehr. Es wurde gegessen und getrunken, erzählt und gesungen.

16

Geschichten und Lieder aus Timbuktu und Tibet, aus Neapel und Nepal, aus Köln und Kolumbien, aus Omsk und Tomsk, wirklich von überall her, sogar aus Oschatz und Lommatzsch!

Immer wieder musste der General von Sibirien berichten, von der unvorstellbaren Weite des Landes und von seinem Freund Aleksej. Den vermisste er schon arg, und er nahm sich vor, bald schon wieder die Heimreise anzutreten. Zwar war hier im Erzgebirge seine Heimat, so dachte er, aber bei seinem Freund Aleksej war er zu Hause.
Aurelius hingegen fühlte sich pudelwohl und wollte nicht mehr weg. Klar waren ihm Oma Astrid, Anni-Frid und Agnetha ans Herz gewachsen. Aber Rosalinde Veilchenduft spielte in einer anderen Liga. Allein schon der Geruch. Außerdem beschloss er, könne in seinem kleinen Herzen nur Platz für eine sein. Und dies sollte die Rosalinde mit ihren wunderbaren Nussecken sein. Für immer. Zumindest erst mal.

Wie dem auch sei, das Fest ging weiter – Geschenke gab es natürlich auch – und endete erst in den frühen Morgenstunden. Erschöpft krabbelte die Festgesellschaft in ihre Schachteln, um sich ordentlich auszuschlafen, denn in wenigen Monaten geht es ja schon wieder los. Der Advent ist nicht mehr weit.
Ja, so gut haben es die erzgebirgischen Männeln. Sie können zweimal im Jahr Weihnachten feiern.

INHALT

VORAB 9

ERSTES KAPITEL
ERSTENS KOMMT ES ANDERS UND ZWEITENS ALS MAN DENKT 10

ZWEITES KAPITEL
GENERAL ZU GRAGENKNOPP-HEMBSERMEL 14

DRITTES KAPITEL
FERN DER HEIMAT 17

VIERTES KAPITEL
EINE UNERWARTETE WENDUNG 23

FÜNFTES KAPITEL
DAS GLÜCK IST MIT DEN TÜCHTIGEN 25

SECHSTES KAPITEL
NOCH EINE UNERWARTETE WENDUNG 28

SIEBTES KAPITEL
EIN PLAN MUSS HER 30

ACHTES KAPITEL
WENN JEMAND EINE REISE TUT, ... 41

ACHTEINHALBTES KAPITEL
... SO KANN ER WAS ERZÄHLEN 43

NEUNTES KAPITEL
EIN ÜBERRASCHENDER AUFTRITT 49

ZEHNTES KAPITEL
DAS UNGLÜCK NIMMT SEINEN LAUF 51

ELFTES KAPITEL
HALS ÜBER KOPF 57

ZWÖLFTES KAPITEL
WIE KLEIN DIE WELT DOCH IST 62

DREIZEHNTES KAPITEL
GESTATTEN: SPEKULATIUS, AURELIUS SPEKULATIUS! 64

VIERZEHNTES KAPITEL
ALLER ANFANG IST SCHWER 68

FÜNFZEHNTES KAPITEL
AURELIUS REICHTS 73

SECHZEHNTES KAPITEL
OMA ASTRID IST NE GANZ PATENTE FRAU 78

SIEBZEHNTES KAPITEL
WENN ES AM SCHÖNSTEN IST ... 84

ACHTZEHNTES KAPITEL
AHOI UND GLÜCK AUF! 89

NEUNZEHNTES KAPITEL
GEMEINSAM DES WEGES 92

ZWANZIGSTES KAPITEL
ES WIRD UNGEMÜTLICH 96

EINUNDZWANZIGSTES KAPITEL
HAMBURG, MEINE PERLE! 100

ZWEIUNDZWANZIGSTES KAPITEL
EINE MITFAHRGELEGENHEIT DER LUFTIGEN ART 105

DREIUNDZWANZIGSTES KAPITEL
GUT GELANDET HEISST NOCH NICHT GUT ANGEKOMMEN 108

VIERUNDZWANZIGSTES KAPITEL
DAS FEST 114